U0559396

曼步哲学林

Jean-Michel Delacomptée

Adieu Montaigne

再见，蒙田

[法] 让－米歇尔·德拉孔代 著

蒋琬琪 译

上海文化出版社

我的书是写给少数人看的，也没几年可写了。

——蒙田《论虚空》

目　录

一个困惑

第一次阅读《随笔集》时，我二十岁。那时的我既热爱生命又对生命感到失望。以前发生的事情到了如今已模糊不清，可那些给人留下深刻印象的重大事件却依旧被铭记。即使岁月的变迁让这些事件变了样，但真相依旧存在。它化为骨骼，虽然血肉无存，却正好拥有骨骼的硬度。

谈到二十岁，每个人都知道保罗·尼赞在《阿拉伯的亚丁》这本书开篇所写的一句话："我不会让任何人说这是一生中最美好的年纪。"这句话奠定了整本书的基调：二十岁是一座分水岭。童年渐行渐远而未来却趋向深渊。作者明确指出："爱情、思想、失去家人、进入成人的世界，这些都是摧毁年轻人的危险因子。"首先是爱情，之后是生活对我们的馈赠和掠夺，这是青年时期的暴风雨。一些歌曲也这样唱道，二十岁是恋爱的年纪。或许吧，但这个年纪的爱情令人无法承受。于是，我在二十岁就遭遇了分手之痛。为了寻求慰藉，我阅读了《随笔集》，它给予我帮助。

尽管并未治愈我的伤痛，但缓解了我的痛苦。

虽然在课堂上，我已经接触过这些随笔，但如果没有这样的经历，我可能不会沉浸其中，或许要尽力踮起脚才能触摸到它们。

它们一边聆听我的心声，一边关注我，向我提供意见：这是一种无声的召唤，可以感知到困扰我的问题并予以评论。这样一种召唤以它特有的节奏、只属于它的笔调贯穿于这本书的字里行间，逐渐解开了我的困惑，缓解了我的痛苦。

到了二十岁，我们很快就会栽跟头。在这个年纪，我们很轻易地会相信一些极其荒谬的事，把动乱错误地当成革命。"五月风暴"（1968年5月）虽然刚刚结束，但这个事件对我而言却并不重要，我的伤痛与那些疯狂的口号没有丝毫关系。那时的我深陷不幸，独自一人，孤立无援，如同田间的稻草人。只有阴云笼罩在我的头顶，飘忽不定，变幻莫测。我开始看《随笔集》，内心很快便得到了安抚。虽然既没有摆脱痛苦也没有走出阴影，但再不像之前那样茫然若失。蒙田扭转了我人生的风向标。

他的作品里有某种让人感到平和的东西。他总是不疾不徐，走着自己的路。他让人意识到一个慢慢膨胀的宇宙，以及一个清晰的、完整的、坚定的存在。桌上就摆放着他的《随笔集》，我们翻阅整整几页或一些片段，时而流连于字里行间，时而细细品味。想法产生的过程虽然迂回曲折，要花费大量的时间，却从未中断。要发现一种扩张的思想需要耐心，虽然它偏离主题，由矛盾交织而成，但它还是一致的。这本书是一座有组织的迷宫，一堆杂乱无章、一闪而过的想法。混乱的表象被一个隐形并且有序的框架支撑起来。这是一个不稳定的宇宙，所有一切都在此交织、折叠，在此相连、分开。步入成年的读者在寻找人生道路的途中自信地冲向这个体系，它不是单一的、封闭的，而是复杂的、严密的、总揽全局的。

一部完全适合我们阅读的作品能够让我们获得新生，而直接融入这样的作品是一件幸事，甚至是一个奇迹。我们难以自控，步履蹒跚。在迷雾中，我们停滞不前。不稳固的地面，对空虚的恐惧，一片混乱。正是青春期的脆弱引发了这些烦恼，蒙田便为消除这些烦恼而存在。

就像被人们无视的年轻人一样，他从前并不为人所知。

年轻人通过蒙田相识。他们承受着同样的困惑，他们询问是什么困扰着蒙田。他们依赖于蒙田的回答，就好比孩子离不开自己的母亲。蒙田给人的亲近感由此产生。他们也写随笔，因此，如果他们有机会阅读，确切地说是有幸阅读《随笔集》，就会在其中找到这本书带给自身的某种益处，并因此而对蒙田心生感激。鲜少有著作会这样充分引发读者的认同感。这种情况不只发生在我身上。蒙田十分肯定的是，在书本中，我们学习生活并不比学习死亡更多。但我们仍然要在其中学会平息悲伤。

斯蒂芬·茨威格在他的著作《蒙田》中写下了几乎同样的感受："面对他的作品，我感觉不是与书相伴，而是一个为我出主意、安慰我的伙伴，一位知己陪伴着我。"

以下说明了一件令人震惊的事实：我们这一代抛弃了书本，

被镜中的自己所迷惑，却迷恋上了蒙田。他怀疑自己的后代，面对现在所享有的声望，他可能会目瞪口呆。人们一直在议论他，但从未像最近这样。读者们重新找到或发现了这本书，翻阅、品味、浏览它，有时也会沉浸其中。先是专家，接着是读者，他们都在仔细研读。这份荣誉是有生命的。人们为他编织的月桂冠不仅缠绕在他的额前，还将蔓延到他头上戴的以防着凉的一顶无边软帽上。他抚慰人心，令人欢喜。或许他一边从怀疑论的高度去嘲讽它，一边又会为它感到高兴，因为他珍视他的《随笔集》，就如同父亲关注自己的孩子一样。

他前所未有地催生了如此多的作品。这些作品从浅显易懂到博大精深，都发人深省，甚至有些作品理所当然地被打上书店畅销书的印记。对这部著作的研究超越了对其他任何一位法国作家的研究：自《随笔集》首次出版以来，诸多成卷的书籍、论文、传记、教材、哲学论著、文章、讲座、座谈会、研讨会都以它为主题，这些研究和出版物进一步引起了人们对这本著作的关注，还不包括一些无线电广播的报道和杂志上的特刊。人们对它充满了强烈的好奇心，这让人印象深刻。这是一种迫切的、狂热的崇拜。

我们需要蒙田。他凭借被人们公认的才智引发了我们的好奇心。对我们来说，他像是一个依靠、一道守护我们的影子、一位我们愿意向其寻求建议的朋友。当我们面对混乱的现实和未知的将来时，我们转向他，向他咨询；打算弄清一切时，我们会把他当作一位复活的先知、一位逝去的良师、一位平息我们不安情绪的安抚者。他像一位会了解一切、预料一切的预言者，在这一点上我们不会出错。关于我们这个时代对思想和文学所存留的渴望，追随蒙田带来了一个好消息：在千变万化的屏幕不断涌现的环境中，这种成功鼓舞着那些爱书的人。

不过还是要谨慎。事情尚不明朗，充当一回卡桑德拉[①]非我所愿：在众人对蒙田的狂热中，我听到了天鹅的绝唱，我因我所担心之事而责备自己。大众庆祝即将消失的事物：对《随笔集》的解读，蒙田这个人物，以及他体现的价值。在迷恋中，怀旧感油然而生。即使我们难以确定即将丢失的无价之宝，我们大约也能猜到。这样的预测让我们感到伤感，我们借对晨钟的幻想来替代丧钟，混淆了黄昏和日出的时刻。

爆炸前夕，死寂沉沉的星空喷射出熊熊的火焰。

因而，对《随笔集》的狂热预示着它的灭亡。

然而一切都是不确定的：这不是一个事实，而是一种担忧。庆幸的是历史没有方向，一切都能够重演。对于蒙田和其他人而言，在一个伟大的孕育思想的文化氛围中，存在一种合理的乐观主义，它为回顾过去打开了一扇门，人文科学因此而重建，或许会再次回到它不久前所占据的地位。法国彰显人文科学并以人文科学为傲，它推崇人文科学的语言并通过人文科学闻名于世，它自得于人文科学带给它的声誉。

---

① 卡桑德拉，罗马神话中特洛伊的公主，阿波罗赐予她预言的能力，后因抗拒阿波罗，预言不被人相信。特洛伊战争后被阿伽门农俘虏，随后被阿伽门农的妻子吕泰涅斯拉特杀害。埃斯库罗斯在《阿伽门农》一剧中将她比作天鹅。如无特殊说明，本书脚注皆为译者注。

或许是一场梦，一个荒诞的愿望，但爱好空想的人仍愿意去相信它。

另一种迹象：我们感受到了对蒙田的迫切需求，我们把他作为参考，渴望被他的真理说服。为了消除时间印在他脸上的皱纹，我们宣布蒙田与我们处于同一个时代。自尊心过剩。这是一种以自我为中心的观点，持有这种观点的人心满意足，或许从前的先驱和其他国家也都曾持有过。这个观点不好不坏，也不算错，但仍不正确。

辩论开始。

一个新时代

设想在当今法国，一位鲜为人知的作家十分渴望在一部由三卷组成、每卷有三百页且结构严谨的著作中谈论自己，他可能会引用一些中世纪的例子来帮助自己表达思想、阐述经历。为了使这些例证更加充分，他引用了大量未经翻译的古法语。我们保守地推测，公众对这样一部作品几乎不会有任何兴趣。

这也正是蒙田所承担的风险。

或者确切地说是他可能会承担的风险，如果当时他所针对的读者不熟悉拉丁语，就像当今的法国人不懂《罗兰之歌》或《玫瑰传奇》中的语言。但是，在蒙田那个时代，人们长期以来被拉丁化，程度还在逐渐加深。神父和耶稣会会长在各个城市办学，拉丁语教学被迅速地普及到这些学校中。在日常生活中，拉丁语的使用涉及所有学科，从医学到神学，从哲学到法学。高中生用拉丁语来表演戏剧，诗人们用拉丁语创作。在整个欧洲，学者们都用拉丁语来交流。法国也一样，知识分子之间写信都要用一种西塞罗式优雅的拉丁语。不论在家里的某个角落还是在修道院内，我们看的都是拉丁语版的《圣经》，毫无疑问，做弥撒也用拉丁语，即使大部分信徒什么都听不懂。尽管那些外科医生、农村教区的神父、衣服破损的教士、身着破洞短裤的教师和贫困的律师所说的拉丁语是被简化的，是不准确的，但这种语言终归源于拉丁语。至于蒙田，因为父亲的决定，他把拉丁语当作自己的母语。他的父亲很有想法，观念开明。他把蒙田的教育托付给一位拉丁语水平堪比罗马议员的德国家庭教师，并要求小米歇尔身边的人——包括仆人和村民，偶尔含糊地说一两句拉丁语同他交谈。尽管1539年颁布的维莱科特雷法令①规定使用法语撰写司法和行政文件，但在全国范围内，人们几乎都在不同程度上使用拉丁语。这已经成为一种习惯，使用场合包括结婚、看病、诉讼、判刑、唱歌、葬礼等。神职人员、贵族以及资产阶级都或多或少地受到拉丁语氛围的影响。因此，蒙田引用古罗马作家的语录或从古希腊罗马文明中获取例证并不会让和他同时代的人感到震惊，至少不包括那些能够看懂拉丁语的人。

然而蒙田面向的读者是有些犹豫不决的，他们很容易被笼络却很难得到满足。一类是博学多才之人，他们经常是法学、几何学、辩论方面的专家、佼佼者，局限于细微而繁多的争论焦点

---

① 1539年8月，法国国王弗朗索瓦一世在维莱科特雷颁布一系列法令，其中第110条和第111条都涉及语言使用，废除拉丁语行政、司法语言的地位，代之以法语。

中。蒙田说，对于这类读者而言，不了解亚里士多德就是没有自知之明。另一类拥有"普通而平凡的灵魂"，他们不关注论说的丰富性和它朴素的风格，比如蒙田的论说。最后，在这两类读者之间存在极为罕见的第三类读者，他们的灵魂"极其安定并且过于强大"，以至于蒙田不会期待去满足他们。

在这样的情况下，蒙田自问他的作品针对哪一类读者，自问他所期待的是何种接受能力的同时，也在《随笔集》中向一些平庸的作家提出了以下这个问题："您为谁写作？"[1] 与蒙田一样，当他们既没有成就也没有独特观点可以炫耀时，他们就冒险去公开自己的经历，发表自己的评论并表达自身的想法（蒙田不是一位回忆录作家——这类作家专门记录史书中的重要人物、王子、公爵、王室大总管，不是笔风自由的自传作家，更不是肩负重任的编年史作者）。以下就是蒙田的回答："为我刚提到并且接着会继续谈到的这三类读者。"

这是一个十分令人沮丧的答案，其中估计存在巨大的挑战。蒙田接受了这项挑战。他广泛地谈论自己这样一个几乎名不见经传的作家，没有辉煌的姓氏，没有显要的政治角色，没有战功和光荣的使命。除了自己的生活，他还谈到了名人的生活、从他们生活中吸取的教训以及那些总是令人感到惊讶的趣闻，把能说的都说了。

但是把蒙田的读者限定在这三类中或许有些为时过早，因为还存在第四类读者。这类读者不那么令人讨厌，包括父母、邻居和朋友。蒙田先后在《致读者》和《论揭穿谎言》中清楚地提到他的书是专为他们而写的，并为他们制造了这样一个与他面对面交谈的机会。蒙田两次询问由父母、邻居、朋友组成的读者群体，由此可见作品接受度在蒙田眼中的重要性，然而高素质读者的数量实际上远远超过了那个狭小的读者群。再者，总体上来说，这也证明了蒙田敏锐的意识是在这样一个变迁的社会中诞生的。正当他致力于创作一部非凡的著作时，他在这个社会中发展了一批全新的、飞速壮大的读者。

这批读者由一群文化人组成。他们十分了解古希腊罗马时期的拉丁语和其他文化遗产，蒙田从那个时期获取的大量例证和格言并不会让他们感到陌生。他放心地引用原文，是因为他认为把这些引文翻译成法语是多此一举，这些引文绝大多数都是拉丁语，还有少数是希腊语。

读者与消失的世界之间所建立的亲密感，意味着历史的延续性加深了当今作品与以往作品的联系。

依靠教会，平民甚至不用通过看书，靠耳朵也能处于这种延续性当中。

印刷术的飞速发展和杰出文人大量的翻译活动使古希腊罗马文化再次呈现出繁荣的面貌，迎合公众更加广泛的兴趣。随着一个强大的中央政府的建立，法语从一种极具创造力的现代性中萌芽，并显示出代替拉丁语的势头，成为官方用语。而拉丁语又通过文艺复兴获得新生，被视为珍贵的文化遗产，这让当时上流社会的文人获益匪浅。虽然身披盔甲的伟大君王轻视文人，对蒙田的蔑视尤其明显；虽然他的主要住所仅限于从自己的"书屋"

到塔楼的第三层，但是古罗马的遗赠依旧散发出春天的活力。意大利先播下了春种；陷入意大利战争的法国从弗朗索瓦一世起就效仿意大利；随后，一部分欧洲国家对文艺复兴的光芒深深着迷，地中海由此获得了新生。载有珍贵矿石，带有传奇色彩还背负着丑恶罪行的西班牙武装商船征服了美洲，拓宽了海上之路，其中一些连接非洲海岸，一些越过沙漠通向中国。人们从那儿带回了成吨的香料、成箱的陶瓷和成堆的丝绸。天主教、新教甚至还有伊斯兰教，它们之间相互攻击、诽谤，发生多起陆战和海战，其中以勒班陀海战为代表。这场海战发生于 1571 年 10 月 7 日，西班牙人唐·胡安率领的神圣同盟舰队击败了阿里·巴夏领导的奥斯曼帝国舰队。甚至在极度愤怒中引发的宗教战争都没能阻碍人们对古罗马的回忆。在狂怒中，在对黄金的迷恋中，在疯狂的信仰中，一个充满活力的世界出现了。在迈向新时代的这股冲劲儿中，这个用大量鲜血浇灌而成的新世界向过去低头，以便从过去汲取可供自身充分发展的必要能量。

我们的时代不回顾如此遥远的过去，只向前看，因此丧失了记忆。这个时代积累知识创造的奇迹，却排斥维吉尔、贺拉斯和卢克莱修使用的拉丁语，埋葬了荷马、品达、亚里士多德使用的希腊语；它对祖先所用的法语保留了很少的回忆，以至于除了维庸，它没有记住任何一个人的姓名。

没有廉耻，但并不是不留遗憾。一些反抗的力量用尽全力地牵制着这辆驶向未知风险、在当下时代浪潮中摇摇晃晃前行的列车。我们会担心这些叱喝着现代性的反抗力量的失败。我们的现代性迷恋自身的非凡成就，建立在一些不可比拟的优势上自我欣赏，失去判断，自我蒙蔽。如果没有一次真正的突变，它很快就不会记得它从哪儿来，要到哪儿去。

忠　诚

随着传统家庭的瓦解，孝道逐渐消失。过去与现在的联系也受到了相应的影响。

我确认这一点，但我不作评价。

伊巴密浓达，这位底比斯的将军具备优秀的道德品质和杰出的军事才能，蒙田认为他位于亚历山大大帝和恺撒大帝之上。留克特拉靠近底比斯，是维奥蒂亚境内的一个小城邦，伊巴密浓达在此大败斯巴达人，取得了最辉煌的胜利并表现出他独特的孝道。

> 他表明一生中最令他感到满足的，是与父母共同分享了留克特拉之战胜利的喜悦；他总说，面对这个正义而光荣的战功，比起他自己，他更想让父母喜悦。[2]

实际上蒙田对这位将军的描写远不止这些，因为他代表了子女对父母的尊敬和高尚的品格，这正是蒙田对为人的要求。蒙田是一位严谨认真的继承者，他维护了拉博埃西的名望，传承了他留下的书籍和遗作，它们主要是诗歌，其中好几首是由拉丁语写成的。拉博埃西在打网球时脱去丝绸外袍，只穿了一件紧身短衣，因而在暑热中感染风寒，从而染上了某种痢疾。在他患病几年后，拉博埃西开始出版自己的作品。更有一种说法，鼠疫在八天后，即 1563 年 8 月 18 日星期三，夺去了蒙田的挚友拉博埃西的生命，离世时他还未满三十三岁。在通往梅多克的方向，与波尔多相距两古里（约八公里）远的热尔米尼昂区生活着一批新兴的社会精英，他们不仅是法官，同时还是十分杰出的知识分子、拉丁语学者、古希腊语研究者。他们醉心于艺术和诗歌，孕育了人文主义。拉博埃西、理查德·德·莱斯托纳克，以及蒙田的妹夫都是其中的成员。拉博埃西就是在理查德·德·莱斯托纳克的家中去世的。

此外，蒙田有一位特别伟大的父亲，皮埃尔·埃康。蒙田在《随笔集》中大加称赞自己的父亲，对父亲的赞美之情流露于字里行间，并借此向父亲致敬。在疾病还没有夺去这位七十四岁老人生命的几天前，他乐意接受父亲的请求，服从他的"命令"来表达对父亲的尊敬。他要翻译一部用"晦涩难懂的含拉丁词根的西班牙语"写成的学术著作。这部原名为 *Theologia naturalis sive liber creaturarum magistri Raymondi* 的著作极为冗长，作者是巴塞罗那的人文主义巨匠雷蒙·塞邦，一百五十年前在图卢兹教授神学、医学和哲学。蒙田遵照父亲的要求，在父亲离世后第二天印刷了这部法语名为 *La Théologie naturelle ou le Livre des créatures*（《自然神学，或称创造物之书》）的译著。这是一部庞杂的论著，该书通过合理的论据证明了信仰的真谛。与论证不同，蒙田从纵向出发，收集一些必要的资料以便构想自然、人类和理性的权威概念。《雷蒙·塞邦赞》是《随笔集》中篇幅最长的一章，几乎能单独成书。这一章除了名字含有赞颂之意外，它的内容实际上是蒙田对这些概念的详细说明。

蒙田如实地反映了他记忆中的两位人物：皮埃尔·埃康和拉博埃西。1570 年，在父亲离世两年，挚友去世七年之际，蒙田在巴黎出版了《议员先生蒙田写给其父蒙田老先生的信件摘要：关于亡友拉博埃西先生患病的几个特点》，父亲和朋友最终在这个醒目的书名中相聚。

就在文稿呈现最终的形式之前，蒙田已经使其具备了信件的要素，但最重要的是出版这些作品，其中包括《自然神学》，这本书的引言是他献给父亲的一篇书信体诗文。1570 年 7 月 24 日，他已经有条不紊地写完了这篇文章，当时的他辞去了一份没有远大前途、令人厌烦的工作——波尔多最高法院的推事。这个重要的决定一被执行，几个月后，他在 3 月到来的前夜，即 1571 年 2 月 28 日，退出了公众事务，那一天也是他的生日。他在为自己成年生活的某个阶段画上句号的同时，也准备在三十八岁步入一段漫长的衰老期，尽管他觉得自己身体十分健康。

大部分时间，蒙田都待在巴黎，以便使自己的作品顺利出版。随着一些谈判、庆典在巴黎举办，这个城市重新恢复和平，或者更准确地说是处在停战期。例如，就在蒙田决定退出公共事务的一个星期后，1571 年 3 月 6 日，年轻的查理九世和奥地利的伊丽莎白王后入住巴黎。当时正值圣日耳曼和平期，宗教之间试图相互调解，民众尝试容忍，但这个新的和平期仍旧转瞬即逝。毫无疑问，蒙田当时的生活和充足的空闲时间无缘，因为这样的闲暇需要受到和平的保护。想要随心所欲地享受自己的时间，他需要摆脱一种负担：我们内心的依恋迫使我们处于某种从属关系中。

回忆父亲时，蒙田毫不吝啬地表现出对父亲深深的敬意。他避免把父亲重新塑造成一位品德高尚却不重视优秀文学的士兵。这并不是因为不尊敬父亲或害怕背上忘恩负义的骂名，因为他毫不犹豫地讽刺这个男人的天真，他同自己一样又矮又壮，但很富有。与蒙田不同的是，父亲不适合跑步或进行体能锻炼，但他拥有军人般健硕的肌肉，虽然年事已高，依旧能身着加绒长袍跃上马背，或急急忙忙爬楼梯回房间，以及迅速地绕着桌子走一圈。他费大力气在家接待一些自命博学之人并无比景仰他们的学问。蒙田诋毁、讽刺了父亲在这些所谓的学问面前天真甚至憨厚的一面。

在皮埃尔·埃康所接待的学者当中，有一位赫赫有名的人文主义者 —— 皮埃尔·布吕奈尔，他和雷蒙·塞邦一样都来自图卢兹。他赠予埃康《神学》（*Théologia*）这本书来感谢他的招待。在雷蒙的推荐下，皮埃尔认为这本书可以为反对持续发展的歌德学说提供论据。

除了父亲的命令，另一个促使蒙田翻译这部著作并将其出版的原因无疑是孝道，这是信奉天主教的一个重要特征。蒙田一家都是天主教徒，并且他一直在捍卫宗教事业。他捍卫天主教并不是以神学家的身份——这份职业容易因自身动机的无效而失去理智，并因对世俗和平所造成的影响而感到罪恶。蒙田是信仰的继承者，他继承了童年的信仰，继承了"我们父辈那个年代"的信仰——这句话经常重复出现在《随笔集》中以赞扬那个时代的成就，同时还继承了国家信仰。他在那里出生，在那里生活，并且原则上接受所有法律。正如苏格拉底，因为对雅典法律的终身服从而接受了法官对他死刑的判决，即使这个判决是不公正的。

自那时起，蒙田表现出些许不满的情绪，处处违背父亲，但这些都无关紧要。他不像自己的父亲，他爱思考，却表现得漫不经心；他既没有父亲务实，也没有管理财产的才能。他从不在意别人对他的质疑。从一份修改过的遗嘱中就能看出，他作为一家之主的身份并没有被承认。（与理性地拒绝束缚相比，蒙田的才能和欲望不足以承担这些财产，更能说明他不能胜任这件差事）。

从这段刻薄的话中，我们能感受到他的不满：

> 把我的家交给我管的那个人，考虑到我不喜欢宅在家的性格，预测我会把这件事搞砸。那他就错了；我在这里像我来时一样，即使不见好。[3]

1581 年 8 月 1 日，在蒙田年近五十岁时，他被波尔多的市政官们选为市长。9 月某个周四的早上，他在意大利卢卡浴场附近得知了这个消息，当时他正在此地治疗自己的结石症。市政官们以对故土家乡的爱为由让他无法拒绝这个职位。他非常不赞同从前皮埃尔·埃康任职时期的工作方式。他一回到波尔多，就告诉市政官们他拒绝像父亲那样专心地献身于这份差事，拒绝像父亲那样为这一职务累到精疲力竭，用今天的话说，他的父亲沦为了工作的奴隶。蒙田一边指责父亲，一边抱怨他抛弃了"温馨的家庭氛围"为他人来回奔波，而且"漫长而艰辛的行程"严重危害到了他的健康。这就是父亲的性情：

> 天生宽厚仁爱，从来没有人比他更仁慈，更受人爱戴。别人身上这样的人生态度我赞赏，我一点儿也不喜欢效仿，而且我是有原因的。他听人说我们应该为他人忘掉自己，个人绝对不能以牺牲集体为代价。

蒙田认为父亲错在以下几点：

首先，最重要的是不能在处理事务中迷失自己，要懂得做自己。

其次，父亲以牺牲个人利益为代价选择集体利益并不是他个人的想法，而是一个被动接受的观点。面对一些所谓的学者，他虔诚地接受他们的意见。他的盲目轻信受到了指责，引起了很大的意见。

蒙田熟悉这些有影响力的人，如同习惯对知识的幻想，但他并没有因此上当受骗。笑对过去的同时，他的讽刺、他笔头的幽默感以及对易激动的学究们的厌恶感都同样刺人，虽然他批判性的见解也因他的软心肠而不那么犀利。

　　皮埃尔·埃康其中一个错误是他的轻信。一如既往，父亲的意图令人赞赏，他把当时年仅六岁的儿子送到位于波尔多的居耶纳中学，因为他认为这所欣欣向荣的中学是全法国最好的中学。然而蒙田说他的拉丁语"很快就退步了"。皮埃尔·埃康停止了有益而灵活的教育，直到他从意大利带回了教育学原则。他"附和大众的意见，像鹤一样跟着前面的飞"。他屈从于习俗，还亲自为儿子挑选优秀的家庭教师，让儿子处在这些辅导教师的严格监管之下。他们令人感到失望，只教授书本上的知识，而对那些被动接受知识的小学生，辅导教师只会用柳条来训斥他们的惰性。

　　如果学校不是一座"囚禁青少年的监狱"，那么在这些固守教条的学校中，就会有一所学校提供一种与规定性教育相反的教育。蒙田认为，这种教育是针对绅士的，没有时间限制，没有确切的地点，在教学中将学习、游戏和运动相结合，比如跑步、摔跤、音乐、舞蹈、狩猎、骑马练剑。但居耶纳中学同其他中学一样，都服从于刻板的规章制度，它违背了米歇尔·埃康在青年时期的独立性格和爱沉思的习惯，学校封闭而混杂的环境也让他心浮气躁。

　　蒙田为亲代与子代间惯有的距离感到遗憾时提到了已故的

蒙吕克元帅，他是胡格诺军队有力的敌人。蒙田和这位元帅很熟，元帅某天向他透漏，令他最遗憾伤心的事就是从未向自己的儿子表达情感。他的儿子是一位"英勇并且被寄予厚望的贵族"，在一场报复西班牙海盗的征讨战中，人们在马德拉岛上大肆烧杀抢掠，他的儿子也在当地身亡。行军打仗之人大多情感粗放，所以尽管对儿子眷爱颇深，但他从未与儿子坦诚交流。这位守旧的父亲总是对儿子语词严厉，从未和颜悦色。通过蒙吕克的事例，我们可以窥见蒙田与父亲之间的距离，虽然他们之间存在距离并不是因为父亲和蒙吕克一样严厉。他对元帅的遗憾深表赞同，这样评述道：

> 因为我从自身的经验来说，当我们失去朋友时，最大的安慰莫过于不曾忘记对他倾情相诉，跟他们有过一次推心置腹的交谈。[4]

蒙田并没有想到皮埃尔·埃康，他并不是与父亲而是与拉博埃西之间保持着良好而全面的沟通。在评语的空白处，蒙田补充道：

> 他的遗憾让我感到安慰，让我敬重。我一生中虔诚而愉快的职务，难道是永远主持葬礼吗？难道快乐就换来了失去吗？

任何快乐都不能弥补的损失不是失去父亲，而是失去朋友。

然而，关于父亲和朋友，任何一项任务都比不上去坟前祭拜他们。

显而易见，父子关系并没有朋友之间说知心话时拥有的亲密感。这就是为什么皮埃尔·埃康所留下的印记无法与拉博埃西未举办的葬礼相提并论。当蒙田处在一种不明确的状况下时，他看到突然昏迷不醒的父亲倒向自己。只有处于拉丁语的氛围中，他才能更加明确并且肯定地说，唯有拉丁语才能表达出他当时强烈的情感。蒙田从小就开始接触拉丁语，这种语言底蕴深厚，凸显出语言固有的本质。在他的一生中，这种情况仅仅发生过"两三次"。两三次的确很少。在这两三次中，拉丁语和悲痛的倾诉之间的联系不是偶然的，蒙田在《论友爱》一章中就倾诉了自己失去挚友拉博埃西的痛苦。他大量引用拉丁语来表达自己的悲痛之情，而这种情感在他的作品中是不能用法语传达的。

蒙田没有混淆亲情和友情，因为他的柔情，这两种感情连接在一起，变得更加强烈。这说明了蒙田笔下的文字为什么会触动人心。就个人而言，一直以来令我感动的是他文字中的热情。下面的文字与伊格纳蒂乌斯父子有关。这对父子被罗马后三头同盟——马克·安东尼、雷必达和屋大维（未来的奥古斯都）——流放。知道自己难逃一死，他们决意与其让君主享受杀死他们的乐趣，不如冲向对方，用剑刺死对方。

多么美好的父子情。让他们有力气能够抽出拿武器的、血淋淋的手臂，以这种姿态紧紧地抱在一起，这样刽子手就能将他们的头颅一并砍下，让他们的身体始终庄重地贴在一起，伤口对着伤口，深情地吮吸着彼此的血液和残留的生命。[5]

如果蒙田模仿自己父亲的穿衣风格，只穿黑白色，没有任何装饰，不戴任何饰品，这不足为奇。如果蒙田强调自己多么赞美贞洁——这个他自身具备的品德，如果他和同时代的人一样简朴、克制、谦虚、仁慈，说话简短有力不拖泥带水，生性不愿被束缚，从未过度放纵，关注自己的身材和外貌，这些也都不足为奇。所有这些放在皮埃尔·埃康身上可能会显得呆板，却凸显了他的本性，强调了他的真实性。这正是那些身穿华服、留着大背头的纨绔子弟所缺乏的，而皮埃尔·埃康双臂肌肉发达，充满力量，因为他常常使用铅铸的长竿练习击剑。

为了接替父亲的职务，蒙田致力于以自己的父亲为榜样。蒙田引以为荣的是"他的意愿通过我而得以实施和发挥作用"，和父亲相似的是，他也讨厌药物，不过，和父亲不同的是，他喜欢酱汁。在家时，他和父亲一样，让仆人在贮酒室里先往酒里掺上一半水，两三个小时后再端上桌。有过多少细微的小事，就留有多少温情的回忆。

蒙田回忆并感激他得到的恩惠，感激这位向他施恩的父亲。

这是他的责任，蒙田明确地写道：

> 如果我有儿子，我希望他们拥有我这样的命运。上帝赠予我一位好父亲，我没有什么可以报答他的，除了对他的仁慈表示感激外，但这份感激一定是发自内心的………[6]

尽管蒙田抛弃了父姓埃康，借口是埃康让人想到了祖先的绰号，但他十分感激自己继承了蒙田这个光荣的姓氏，感激这个领主的尊称一直陪伴着他。他不仅感谢这个姓氏，也感谢他所接受的特殊教育。他一出生，父亲就重视对他的教育，关心他的快乐，关注学识的培养。在他的兄弟中，唯有蒙田从这近百个村民身上和父亲对地产的高效管理中得到一些切实的物质上的好处，而且他还是这些的最终继承人。他的父亲任他随意享乐，他不用努力，父亲就能保证他衣食无忧。

不仅如此，这位父亲还通过自己的态度和习惯在蒙田面前树立了正直、严肃、仁慈、勇敢的形象，是毋庸置疑的道德模范。虽然蒙田在青年时期就离开了父亲，但拉博埃西在知识方面的严谨性和道德方面的权威性让他遇见了一位更适合拓展他天赋的监护人。因为在那些年，掌舵的人是拉博埃西。他是一位勤劳稳重的法律家，早已花白的头发下是如运动员般宽阔的肩膀。他很早就成了孤儿，妻子是一位有两个孩子的寡妇。妻子的父亲是最高法院的主席，哥哥是里耶主教。拉博埃西在用流畅的拉丁文写成的诗中教育他的弟弟，文笔幽默风趣。他认为弟弟浪费了自己的优秀才能，是因为享乐主义者身上的惰性和单身花花公子身上的那种放荡不羁。和对知识的热爱相比，纯洁的肉体和艳丽的华服显然更加吸引这样的花花公子，可鉴于他的才华，他本该有非凡的命运。

蒙田回忆着父亲，越来越不认为自己是一个可以还原身份、自我定义的个体。相反，他觉得自己是家庭阴影的受遗赠人。虽然两人之间有不同的地方，但他注意到皮埃尔·埃康和他之间存在两个先天性的相似之处。一是结石病；二是对医学的反感（但并不讨厌外科，因为蒙田觉得外科"较少猜测和臆断"[7]）。祖父和曾祖父都厌恶医学，蒙田把这种厌恶感归因于遗传。或许他在开玩笑，或许并没有，因为他在第二卷的最后一章《论父子相像》中就对此进行了解释。这一章具有非凡的意义，它意味着《随笔集》1580年初版的完结，之后蒙田去意大利旅行并撰写第三卷。在这一章中，他对父亲的忠诚因为孕育他生命的精子而增加。

他的好运使他加深了对父亲的恩情和忠诚，他有幸：

> 生于一个以贤明著称的家族，有一位非常善良的父亲：我不知道父亲的性情是否对我的性格有一定的影响，还是童年时期在家的经历以及良好的教育在无形中帮助了我；或者我生来就是这样，无论如何，我对自己大部分恶习厌恶至极。[8]

这滴精子拥有某种天赋：产生道德。

从那时起，他欠下了太多的恩情，他感觉必须遵守一些准则，而这些准则正是源于他对前人的忠诚。

但这不只涉及准则，也不仅仅是符合习俗的需要，一位好父亲眼中的好儿子在欠债时要有压迫感。

> 我感觉与民法的束缚相比，老老实实做人的束缚更令我感到压抑、沉重。一位公证人对我的约束比我对自己的还要宽松。[9]

重要的是他拥有还债的诚心的同时，毫不掩饰地自由地去谈论自己，这多亏出现了一批准备接受他作品的读者。"公众的青睐增加了我的胆量，这有点儿超出我的预期。"他说。但他接着又担心"我搞错了，最糟糕的作品"不是那些得到"平庸且普通评价"的作品。蒙田获得了一定的成功，而且他知道《随笔集》明显不位于最烂著作之列。因此他要感谢那些"正直的人，他们愿意用好意对待我的绵薄之力"[10]。

蒙田所面对的是一些没有任何学术抱负的读者，包括知识渊博的贵族、优雅的女士和资产者，他们理解他，因为他们共同生活在一种没有私心的、充满好奇的氛围中。在跟这些人说话时，蒙田第一次对这个群体倾注了个人的情感。在决定毫不掩饰地展现自己后，他完全公开了自己的经历、体验和想法，既不遮掩，也不回避。

他同样直接地去表达失去拉博埃西的痛苦。他的痛苦超越了习俗，也超越了严格的道德义务。它源自内心深处，是蒙田私人的感情。正如他所说的，他们的友谊是无法用言语形容的。"因为这是他，因为这是我"——我们不要纠缠于这句话，它确实让人不得再三琢磨。而原因是难以描述的、不言而喻的、命中注定的。他们的友情不同于一些政治上和工作上存在的关系，即在应急情况下，一些人受理性选择的驱使，围绕共同的想法和利益，按照传统的方式，达成一致的行动目的。

　　　因为古人给我们留下的文献中，和这个主题相关的，我觉得跟我所说的感情相比是无力的。[11]

　　左边是 amicus（盟友），确切地说是朋友，属于夹杂着理性的内心，完全是一种私人关系；右边是 sodalis（同伴），以古希腊或古罗马的方式来说是伙伴、合作人，属于夹杂着感性的头脑。一方面是唯一的朋友，不是两个，也不是三个，而是"义兄"，是一旦失去便无法弥补的损失。另一方面是伙伴、同学，一个行会中的成员、同事。兄弟是唯一的，而同事有多个。区别之处在于"cum"（同）中，在于使群体紧密连接的"avec"（和）中。这两个概念当然不相互排斥，但他把拉博埃西想象成一个来自古代的朋友。拉博埃西离世之前，把自己的藏书和作品都留给了蒙田，并对他说"Ce vous sera mnèmosunov tui sodalis"（"以纪念你的朋友"）。

这些人相互来往，关系亲密，介于盟友和同伴之间，他们正是蒙田想要寻找的。与同伴相比，他们的关系更接近盟友。他们是：

　　　　被人们称为正派且能干的人，他们的形象让我对其他人感到厌恶。他们的谈吐自然大方，是我们中间的佼佼者。这种交往的目的，仅仅是亲密相处，经常往来，谈天说地，心灵的切磋以外并无他意。[12]

　　即使伤感之情有所缓解，但在与拉博埃西的关系中，蒙田认为友谊不是一个为共同目标而建立起来的联盟，除了融洽的相处和争执的乐趣外，还有身体的参与，有感知，有肉体，有肌肉、脸部轮廓、神经、声音。也正因如此，当蒙田有强烈的感情时，他就用拉丁语来表达，否则这种感情就是无法描述的。
　　友谊的概念在今天并没有失去它的力量。个人主义的发展扩大了私人领域，从而普及了这个概念。但友谊，或者确切地说，这个被简化了的平庸的词语，在"脸书"这个社交软件上化为无数次的点击声。这个名词遍布在人际交往中，这些交往在屏幕上是可见的，在实践中却是抽象的。它们是逐渐消失的影子，不同于幻影，它时时刻刻困扰着蒙田，从他的遗憾到他内心深处的爱。
　　在《随笔集》中，蒙田完全抒发了对已故父亲的温情和对朋友的哀悼之情。这部作品是他情感传递的媒介，也是他情感的见证。这些情感靠从未枯竭的心中之火而灼灼燃烧。

就是通过对自己进行情感试验，他才意识到记忆中这段纯粹的经历。通过发明一种新的方式，可能不是一种体验方式而是一种表达方式，他袒露了自己这颗因忠诚而跳动的心。

名字就像植物。它们深深扎根在土壤中，或者随风飘扬。它们要么隐匿在厚重的历史中，要么跟随风尚。一方面，它从根本上忠于传统；另一方面，它在表面上融入新趋势。蒙田对宗教改革的指责，其中一点就是责备"革除查理、路易和弗朗索瓦这些旧教名，而让人们住进玛士撒拉、以西结、玛拉基的世界"。似乎玛士撒拉、以西结、玛拉基这些名字更能让人感受到信仰[13]。

我们这个时代也是这样做的：我们用古老的法语名字替代了普通的名字，以符合大众娱乐特别是盎格鲁－撒克逊流行文化的偏好，并以明星作为参照。

残余的一点儿虚荣。

这句格言：

一种极度的关心让人延长生命；他为此倾注了所有。墓地是为了保存躯体；荣誉方使留名。[14]

在今天，火化逐渐代替了土葬。如同对荣誉的渴望一样，躯体化为乌有，这种希望回忆永存的愿望是令人崇拜的。

蒙田自己并不渴望后代把他的名字铭记于心。他关注过去，对死者的记忆感兴趣。因为人们从小就通过这些死者来培养他，

28

因此他说，他在了解家里的事情之前，早就了解古罗马所发生的事情。他了解朱庇特神殿和它的平面图先于卢浮宫，台伯河先于塞纳河。与自己国家国民的生活相比，他更熟知卢库鲁斯①、梅特鲁斯②和西皮翁③的生活。

他边回忆边深思：

> 他们是已故之人。我的父亲和他们一样，他离开我十八年，跟他们离开一千六百年一样；然而我依旧怀念他，记得我们之间的感情，我们之间的交流，亲密无间的关系，记忆是那样鲜活。[15]

他嘱咐要怀念死者。他说与活人相比，他对已故之人更感亲切。因为他们自身已无能为力，因而更加需要他的帮助。"这时感激发出它原有的光彩。"那些得到他的友谊和感谢的人，就算离世，也永远不会失去这份友情。在他的朋友不知道的情况下，他反而更加亲切地谈论他们。他继续这样想的同时，说到他不喜欢诞生期和衰老期的古罗马，但迷恋那个处于壮年时期的古罗马（就好比他对低龄儿童漠不关心，讨厌脆弱和衰老）。他还补充说，看到名人们住过的房子、生活过的街道和地方更能打动他，远胜过听说他们的事迹、阅读他们的作品，因为这样，他就

---

① 卢库鲁斯（公元前 117—前 56），罗马共和国末期著名将领。

② 梅特鲁斯（公元前 90—前 47），罗马共和国昔兰尼加殖民地总督，恺撒亲信。

③ 西皮翁（公元前 99—前 46），古罗马政治家。

仿佛看到他们在聊天、散步、吃晚餐。

> 轻视他们的遗物和形象是忘恩负义的行为了。这些人是那么正直、那么勇敢，我看到了他们的生活和死亡。如果我们能够追随他们，定能从中获益匪浅。[16]

承认自己是现代人意味着要抛弃我们之前发生的一切。过去令人困扰。对狂热的革新者们而言，前代遗留下来的作品是无聊的。艺术变成了讨厌的艺术。尚未站稳脚跟的空想理论家们崇尚不尊重传统的风气。纸上的评论就像世界的运煤工，从前的辉煌带来的是嘲笑和蔑视。艺术自以为是一个新的存在。它梦想成为孤儿，哪怕丑陋得令人感到害怕，庸俗得令人难以忍受，它也乐意如此。这种现代性不局限于艺术，它尽可能地使人信服。它的信条切断了与过去的一切联系。世界从我们开始。

蒙田则反其道而行之。在重新建立与古代文化的联系的同时，他奉献了自己的才华，让古代文化重生。传统、传播，词源学让这两个词结合在一起：*tradutere*。要求尊重其中一个意味着公开表示另一个的必要性，蒙田一直都在执行这项任务。他眼中的现代性散发着无知和虚假的气息。蒙田从不为此辩解。现代性在他看来像是弊病、耻辱、黑暗。他诋毁现代人，也承认自己乐于贬低他们，认为他们是"我们父辈那个时代"的耻辱，因为他们背叛了那个时代。

内战的野蛮与保护国当下的安稳之间存在着无法估量的鸿

沟，将两者连接起来似乎是不恰当的。我们这个世界不在意对祖先的忠诚，有时甚至还会漠视收容所里老人的生死。在他的晚年时期，他说：

> 我们生活的世界里，亲生孩子也不识什么是亲情。[17]

男人和女人

⸺ 个金发红唇、令人着迷的女人，她拥有天使般的面庞，当她毫无顾忌地宣告自己至死不渝的爱情誓言时，妒忌吞噬并击垮了我，使我变了样。蒙田让我意识到了真实的自我：痛苦欺骗了我，让我身处险境。

我之所以有这个发现，是因为蒙田对妒忌坚决地谴责。一方面，他评论的准确性令我信服；另一方面，我确信他仔细地研究过这种坏情绪，并且毫无疑问，他有过这样的经历。形容妒忌，我们不能简单地断言它是"一种最虚幻且最猛烈的疾病，它折磨着人的心灵"[18]。它是一种阴暗的、邪恶的疾病。蒙田对妒忌猛烈的抨击解释了我对它的厌恶。妒忌源自一种危险性的好奇心，同时也源自不安。贪婪之人比穷苦之人更要忍受情欲之苦；妒忌者比戴绿帽者更会因自身情绪而饱受折磨。这就是他的观点。我们最好还是不要深入探究内心的隐秘。

而且，妒忌压垮了那些平庸者。如果我是其中一个可悲的

32

牺牲品，被直接丢给了凶残的野兽，就像在古罗马受虐待者被丢入狮群一样！那么，当我读到蒙田的文字时，我应该这样思考而不是逃避。虽然这些文字针对女性，但对我同样适用：

> 妒忌侵袭了这些可怜、脆弱、毫无抵抗力的灵魂，这令人同情，因为妒忌牵制着她们，残忍地压迫她们。[19]

这确实令人同情，因为蒙田进一步认为"这种妒火丑化了并且腐蚀了女性身上原有的美与善"。依男性看来，这样的评定显然是有根据的，蒙田补充说"一位善妒的女人，不管她是洁身自爱的女性还是家庭主妇，都只会让人觉得她争风吃醋、令人讨厌"，我虽然是一位朝气蓬勃的青年，却不禁把自己算入她们的一员，和她们一样板着脸，皱着眉头。

蒙田对妒忌的思考使我相信一个强大的灵魂会冷静地对待这样不幸的遭遇，而非急于谴责或沉溺于失望之中；我相信这样的灵魂既不会感到焦虑也不用烦恼，就能从中脱身。想到一些名人都没有逃避命运，命运虽压迫着我，但与他们相比，我却显得十分渺小。

> 卢库鲁斯、恺撒、庞培、安东尼、加图和其他一些英雄好汉曾经都戴过绿帽子，他们虽然知道但并未因此拼个你死我活。在那个时期，只有雷必达这个傻

瓜为此事难过得死去。

根据我在拉丁课上所熟知的英雄们的事迹，历史上这个不幸的雷必达仅仅被人们轻描淡写为逃得最快的范例。

一位少女，她急于通过与异性交往来享有从未体验过的快乐，在我看来，企图束缚她的自由是一个荒谬的、过激的并且必然是错误的想法。我意识到"力图压制女性如此炽热而正常的欲望是十分荒唐的"。男性若是竭力遏制他们的欲望反而会使欲望更加灼热。

一些一知半解的读者责备蒙田鄙视女性。显而易见，我们总是流于俗套地认为他的错误在于意图贬低女性，他认为女性比男性更适合充当"佣人"，她们与儿童、平民一样地位低下。他还认为她们拥有脆弱的灵魂，这让她们富有同情心。他认为她们只能做家务活，在他看来这是女性最有用且最值得人尊敬的技能，因此他要求"已婚女性首先要具备勤俭节约的美德"[20]。他肯定赞同布列塔尼公爵弗朗索瓦的观点。当人们同公爵谈论他与苏格兰国王的女儿伊萨博即将举行的婚礼时，有人告诉他伊萨博从未接受过任何教育。对此，公爵是这样回应的："正因如此我才更爱她，当妻子能够区分摆放丈夫的衬衫和紧身短上衣时才算足够有学问。"[21]

这显然不是现代思想。在受到塞涅卡的启发时，他表明：

> 根据自然给女性制订的规律，她们的确不适合表达需求和欲求；忍受、顺从、同意是她们的职责。正

34

因如此，自然赋予女性的能力是持久的；男性能力相
对来说是缺乏的、不稳定的。她们时刻准备着，以便
随时适应我们。

正是出于这个原因，自然"让我们雄起，露骨地表达自己的
欲望"，女性则恰恰相反，她们的欲望是隐秘的、内在的，因此
女性的器官"不适合张扬，只是用来防御"[22]。虽然一些女性擅
于掩饰隐秘的欲望，但她们在关闭自己器官的同时也在炫耀自己
从生殖之神普里阿普斯（象征性行为）那里得到的快感。

我家附近的已婚女性，她们的帽子上有这个形状
的头饰，放在额前来炫耀她们享受这份乐趣；一旦成
为寡妇，她们会把头饰放在脑后，埋在帽子底下。[23]

必须承认的是，他把女性描绘成悍妇的倾向对他绝无好处。
蒙田抱怨女性的喋喋不休、固执与疯狂占有，并描述了几个极端
的例子。一名男性因妻子争风吃醋而对她心生厌烦，为了使自己
解脱，他请求马赛元老院允许他自杀，元老院答应了他的请求。
而就在不久前，在附近的一座村庄，另一名男性从田间归来，手
中握着一把砍柴刀，妻子在迎接他的同时责骂他，他受不了妻子
的醋意，一气之下一刀切断自己的生殖器并把它直接扔到了妻子
的脸上。

他说妒忌与女人是一体的："猜疑、虚荣和好奇浸透了女性

的天性，人们不应指望通过合理的方法治愈她们。"这一观点树立了一座专横的、原始的男性雕像。

在男性和女性之间划一条分界线，这样做更没什么好处。这条分界线如同一道沟壑般阻隔着男性和女性，形成了他们之间无法消除的差异。至少在西方，这种差异不符合我们现在的风俗。如果性别理论的支持者看到了蒙田的这些言论，他们将会不可避免地曲解两性之间的差异。

假设蒙田认为建立于自然之上的两性差异是显而易见的，不容许任何质疑，那么同性的结合可能会令他非常惊讶。同性婚姻，这个新现象在蒙田看来肯定是不合适的，它与自然法则背道而驰，违背了根深蒂固的传统，违反了常理并且间接地影响到性欲的快乐。对男性而言，女性身上神秘莫测、捉摸不透的一面激发了他们的欲望，反之亦然。起初彼此都保持着神秘感，之后会有些胆怯，然后在接近对方时变得小心谨慎，这也是对对方的尊敬：

> 我小心翼翼，害怕冒犯我爱的人，乐意对我爱的人表示尊重。还不说在这种交往中，谁缺乏尊重，就使爱失去了光泽。我喜欢人们在这方面多一些孩子气，胆小一点儿，顺从一点儿。[24]

但对两性而言，这个难解之谜却得到了这样的答案：男性，出于一种强烈的控制欲，比女性更为苛刻，他们强迫女性忠诚于他们，自己却摆脱了忠诚的束缚。因此蒙田说我们"几乎在所有方面，都是女性行为不公正的法官，女性对我们也是"[25]。

这是相异性的不公平和相异性的乐趣。

蒙田对性别观并不陌生。例如，他表明"男性和女性都出自同一个模子，除了教育和习惯，两者的差别不大"[26]。都是同一块料子，但裁剪的方式不同。虽然裁剪没有完工，但剪出了主要部分——外表、行为、印象、追求、愿望、期待和每天所看到的都存在着差异。这种差异与身份地位的差异相结合：男性拥有名誉和军人般英勇的品德，女性承担义务并且具备贞节的美德。这种差异也同不平等的条件相结合：蒙田用了这么一句话，他说"皇帝和补鞋匠的灵魂都被扔进了同一个模子"[27]。

男性，女性，皇帝，补鞋匠，他们都是人类。

但从根本上，女性与男性之间存在不小的差异：

> 我们培养她们从童年起就熟悉爱情：她们的优雅、穿着、知识、谈吐，她们接受的所有教育只与这个目标相关。

确切地说，女性只有接受过这样的教育才会使男性对她们产生欲望。欲望机制需要做作、娱乐、修饰、伪装和虚假、变化、媚眼、抚摸、不自然、委婉。尤其是要有诗意，它意味着"我不知道哪种空气比爱情本身更充满爱意"[28]。假如我们消除了两性的内在，我们就会消灭欲望，双方将会不知所措。男性的

37

勃起显然与女性对他们的欲望一样频繁。它需要一定的手段、策略和征兆。蒙田对此有一定的了解：肢体的力量不是他的强项。他和我们聊"受诅咒的绳结"（破坏婚姻的一种巫术）时，就像在说嗓子嘶哑或眼睛不舒服这些平常的事情一样，有时候他觉得这种巫术十分荒唐。感情让人们僵化，它是担忧，是未料到的顾虑，是令人讨厌的气息、批评、废话。除了猛兽以外，所有一切在欲望中都是不堪一击的。

蒙田像是与我们同一时代的人，不过，他首先属于他那个时代，即便他远远超前于那一时代。

在他对于女性的描述中有一些太过夸张的成分，尤其关于强暴这一话题：

在强迫他人意识的暴力中，我认为最应该避免的是对女性贞节的暴力，因为这种暴力必然含有肉体上的快感；正是因为如此，拒绝不是绝对的，被迫中或多或少有点儿自愿。[29]

出于绝望，那些将要遭到强迫的女性在承受凌辱之前先一步选择了死亡，蒙田为她们感到悲痛。他欣赏他在图卢兹听到的这句俏皮话：

一名被几个士兵占有过的妇女说："感谢上帝，这辈子总算有一次沉醉其中而没有罪恶感！"

但是，若由此便得出他厌恶女性的结论则是不合时宜的，是时代错误的，对他的批评也就失去了方向。在那个时代，一些喜欢法律书籍、对逻辑家之间的交谈着迷的女人，她们说话时，甚至是最普通的谈话都要提到柏拉图和圣托马斯来炫耀自己。她们的自鸣得意让蒙田感到忧愁，他建议她们还不如去开发"自己独有的、天生的资源"。他马上又说，他相信男性控制着全球事物得益于他们在理性、谨慎、人际关系方面的优势，而美丽则是女性真正的优势，她们应该保持自己的美貌而不是去扮演女学者：

> 这是她们对自己认识不足：世界上没有什么比她们更美了；应该由她们给艺术增光，给胭脂敷彩。除了生活在爱慕和崇拜中，还应该让她们有什么呢？[30]

蒙田建议与女性之间的交往要慢慢来，在追求她们的时候不能着急，但要坚持，追求的过程比结果更有价值。他希望女性产生欲望，他很少与不情愿的身体发生关系。

蒙田常常对她们很友好。他说，对他而言，"与美丽动人、品行端正的女性交往是愉快的"[31]。他喜欢她们优雅端庄的气质、柔弱纤细的身形，她们像他的女儿莱昂诺尔一样苗条、娇弱——她是蒙田子女中唯一一个没有早夭的孩子。他喜欢隐藏在女性双腿间贪婪的情欲，喜欢她们对性爱之事装作一无所知。但实际上，她们比男性更了解这方面，男性却像傻瓜一样天真地相信了她们的无知。蒙田欣赏女性的坚韧、勇气、伟大和大度。例如，在12世纪，康拉德三世①围攻巴伐利亚公爵盖尔夫。在攻占堡垒之前，国王只允许贵妇人随身携带能带走的一切东西徒步离开，并且答应保全她们的荣誉，可她们竟无所顾忌地"把自己的丈夫、孩子还有公爵扛在肩上"。这就是他在《随笔集》卷一第一章中所叙述的内容：她们的地位如此崇高，如同王位。

他认为身上带有香味的女性并不讨人喜欢，因为男性毛发浓密，很在意自身的整洁且对体味十分敏感。他闻嗅着她们，抚摸着她们，与她们温存（他说，失去视觉好过失去听觉和触觉）。

对这位男性友谊的捍卫者来说，没有女性的生活是一份苦差、一种惩罚、一座炼狱甚至是地狱。

他有点儿苛刻，有点儿惹人厌烦。他谴责过分害羞的女人，在这点上，他与毕达哥拉斯的儿媳观点一致，他认为"女人和男人睡觉，应该把羞耻心与短裙一起抛开，重新穿起衬裙时再摆出羞颜"[32]。他在年轻的时候经常追求女性。他不是最后一个开玩笑说沉迷在淫秽的回忆中的人，在与为个人成功扬扬自得之人共同进餐时，他并不是最后一个用下流话谴责他们过分自吹自擂的人。他非常喜欢赞美男女做爱时的激情，"带血的咬痕和抓痕"是性行为后残留的印迹。他的朋友弗洛里蒙·德·雷蒙接替了他在波尔多法院的任职，并证明蒙田年轻的时候完全是一个"举止

---

① 康拉德三世（1093—1152），德意志国王，德意志霍亨斯陶芬王朝的第一位国王。

轻佻、放荡不羁"之人。他在中年时期撰写了《论维吉尔的诗》，其中很大一部分描写的是婚姻、女性和爱情。他通过描写往日的风花雪月，用放肆的玩笑话愉快地回想着自己过去的生活。

这正顺应了他那个年代：肉欲的快乐让他惬意，这不是一种矫揉造作的快乐，而是一种值得赞美的、不受拘束的享受。反宗教改革运动尚未扑灭欲望之火。因此并不是他要去指责女性对爱情的渴望，一种"对她们而言如此强烈、如此正常的欲望"，极为合理的欲望。没有什么比以下例子更能证明这一点了：在东印度，人们对妻子的贞节要求极为严苛，不过习俗容许"一位已婚妇女把自己托付给送给她一头大象的人，并且因对方以如此高的代价示爱而感到荣耀"[33]。由此我的结论如下：比我更讨女友欢心的美男子表现出优于我的价值，被她征服的这个美男子给予她的比我给的更值钱，但我还必须因她最初中意我而感到高兴。

蒙田常用的这种推论方式的优点在于，它允许人们从不同的方面去思考问题，以便在深思熟虑后保留令自己满意的那一个。

从这一点看，阅读蒙田可以让我们汲取些许乐观主义的气息。

雅典的梭伦，一位无可比拟的立法官，在他众多卓越的功勋之中，尤以民主政治的创造者而声名远播。他从法律上允许女性牺牲自己的贞节为娼。许多笨拙又粗鲁的妒忌者或许会对一个年轻姑娘恶语相加，但我有什么权利谴责她并不属于我？她没有什么不光彩的地方，难道要谴责她的廉耻心吗？

这是一种以排他的名义进行的占有。

属于她的廉耻心并不属于我。

或许这是个名誉问题，却处于不利的地位。因为对蒙田来说，毫无疑问的是：任何人的名誉，不论男性或女性，都有赖于他人的赞同，这使我们沦为他人的奴隶。名誉存在于自己应有的责任意识中，而不在他人的评判中。我们由此推断，妒忌者的耻辱之心证明了他对周边舆论的屈从，也证明了他是多么缺乏自主性，缺乏最起码的自由。由名誉引发的罪行悲剧地证明了这一点：妒忌者是团体的奴隶，认为除掉不贞者就会洗清自己的名誉。但事实上，这只是把他受奴役的屈辱扩大成为卑鄙的行为。

与受到伤害的严重程度相比，被出轨的丈夫犯罪更多是受怒火的驱使，这一问题在当时普遍存在。蒙田对此也十分关注。真正的罪魁祸首通常逍遥法外——在塔勒芒·德·雷欧[①]的《轶事集》（Historiettes）中处处可见卑鄙的复仇行为。布朗托姆[②]在《优雅的贵妇们》（Les Dames galantes）中也抨击这样的行为。蒙田关注那些脾气暴躁、纠缠丈夫的妒妇，但他也蔑视那些进行报复的"绿帽子"。此外，蒙田还一直关心与名誉相关的问题：这个词在《随笔集》中出现了211次。

---

① 塔勒芒·德·雷欧（1619—1692），法国作家、诗人，以《轶事集》知名。

② 布朗托姆（1537—1614），法国军人、编年史家，参加过意大利战争和法国宗教战争，著有《回忆录》，记述当时的战争和轶事。

责任和荣誉

从女人的责任谈到男人的责任。

在面对社会习俗和社会需要时，良心是这个问题的核心：它是个人主义及其必然结果——自由理想的熔炉。蒙田在《论荣誉》中把良心说得如蜜糖一般。作为现代化的基石，人文主义在良心问题上也得以彰显。

蒙田在比较责任和荣誉的同时，也对比了内在与外在、良心与大众，以及良心与群体压力。这意味着要完全依照苏格拉底的"认识你自己"的原则（《随笔集》的基石），对自我进行持续的考验。为了建设内心的避风港，建造应对恶劣天气的避难所，要求自我要格外努力地消除偏见，打消偷懒的想法；要求自我远离社会渣滓，而非远离世界；要求自我激发我们想象不到的能力。我们依附于国家的关心，靠镇静药来消除痛苦，依赖心理支持去缓解哀伤。这是文明与技术的进步所带来的积极的一面，但它也有消极的一面，它会削弱我们自卫的能力：

我们的心灵并不是为了虚荣而尽自己的职责，而是为了心灵自身，这里面只有自己的一双眼睛能看到：心灵保护我们不怕死亡，不怕痛苦甚至不怕耻辱；让我们忍受失去孩子、朋友和财富的痛苦；并且一旦有机会，它也会给我们带来战争的风险。荣誉和光荣只是人们对我们的一种好评而已，与它们相比这种益处要多得多，并且更值得期许和盼望。[34]

保持贞节并不是为了做给别人看，而是出于责任，也就是受意志力影响的良心，这正是蒙田规劝女性要为真正的德行所做的努力。

另外一种结果更普遍、更现代化，它摆脱了内心的优越性，而良心正是在内心生成的，它是内化法律的能力。法律是公正的工具，它有效取代了一些令人触目惊心的暴行：

如果不以主动做好事作为一条戒律，如果不受处罚对我们来说就是合法，那我们每天会任由自己干出多少坏事来！

蒙田主张责任意识，这是公民和谐的源泉，无须依赖暴力机关来压抑一些致命的天性。况且他还注意到另一方面：任何新增的法规都不能有效制裁舞弊和重罪等形形色色的案件。就算法律尽力去应对各种多变的情况也是徒然无用的：这些情况让它措手不及，超出了它所能承受的范围。把法规堆砌成一座直攀云霄的金字塔毫无用处。天空的云层很快就会变得很低。

正是由于这种内在性的活动，法律的原则凌驾于公正与不公正之上，植根于良心，并依照蒙田一个著名的表达"权威的神秘根基"而建立。法律之所以是权威，并不是因为它是公正的，而是因为它就是准绳。不论法律是否公正，理智的人都会不假思索地服从于它，不会使个人评判左右自己是否屈从于它。酷刑把法律强加于犯人的身体上，嘶喊声和受到严刑拷打的躯体便是刑罚的写照，它们教育公众漠视法规的危险性，然而却无济于事：

> 我认为一切加诸在简单一死的做法之上的刑罚都
> 是纯粹的残忍。我们的执法只希望人们通过对死气沉
> 沉的火光，对钳烙之刑或车轮刑的想象来让他们害怕
> 死亡、砍头和绞刑，从而减少犯错。[35]

在意大利之行的途中，蒙田在罗马目睹了肉刑。受刑者名为卡泰纳，是令人生畏的盗匪之首。他被绞死后，尸体被大卸四块。他注意到民众在看到强盗被绞死时无动于衷，当有人切割罪犯的尸体时，他们发出可悲的叫嚷声。使他们感到害怕的并不是对活人的严酷而是对死人的。尽管蒙田对这一幕没有做出其他评论，但我不相信这会令他感到高兴。他对残暴厌恶至极，至于谋杀，"对第一次杀人的憎恶会让我害怕发生第二次，对第一次残酷的痛恨会让我讨厌去效仿"[36]。总而言之，就是拒绝死刑。

唯有良心摆脱了集体的枷锁，即没有国家代表们 —— 法国国王的代表所判处的酷刑，它才能因为法律是法而去绝对赞同它的合理性。因为良心服从于自身，所以它才成为自己的主人，进而让自身服从法律的力量。从此良心就通行无阻，但它必须承认国王的正统性以及国内所信奉的宗教的唯一性。在法国国内，君权象征了法律的权威。

自愿服从说明了蒙田的忠诚，也因此，他的保守主义常常饱受争议：

> 法律为我减去了重大刑罚；替我选择了政治派别和为之效力的主子；其他一切等级和义务对它都是相对次要的。[37]

一个诚实正直的人有责任拒绝某种有损良心的行为，比如撒谎、背叛或违背誓言。

因为存在功利和诚实："……一个正派人即使为他的君王，为大众事业和法律服务，也并不是什么都可以为所欲为的……"功利属于普通人，这些人为了养活自己而辛勤工作；诚实属于一些绅士和贵妇，他们摆脱了一切奴役。

从语源学角度来讲，荣誉和诚实是兄妹关系，它们是良心的双生子。

那些正派人的荣誉符合他们的良心，而非他人对他们行为的赞赏。荣誉一方面是自由意志的结果，另一方面纯粹出于炫耀。一些人把荣誉当作奖牌大肆炫耀，蒙田所结识的绅士中有很大一部分就属于这类人，其中包括一些廷臣。他经常在巴黎以及法国各处旅行，与这些廷臣来往。1559年9月，他陪同弗朗索瓦二世参观了巴勒迪克。弗朗索瓦二世体质差，长着一个塌鼻子，整个人看起来笨手笨脚的，他的父亲是英俊的亨利二世，母亲是凯瑟琳·德·美第奇，一位有着一双美腿的优秀女骑士。1562年秋天，他与查理九世在鲁昂旅行，查理九世的身体并不比他哥哥强壮。在那里，蒙田遇见了三位食人者。根据从其中一位那儿获取的信息，他在近二十年后写下了《论食人部落》这著名的一章：

> 平常和我打交道的人，他们大部分几乎不注重心灵的培养，在他们接受的教育中荣誉是一切福乐，英勇是完德。[38]

蒙田很少钦佩那样的人，即使在他看来，英勇是军人德行之首，值得被人毫无保留地称赞，但外表的炫耀与内心的高尚相比毫无价值。

我在这里想到了女性的荣誉："……她们的义务是精华，她们的荣誉只是外壳。"正如名与物之间没有直接关联，因为"名，指出和称呼物的一个声音"，而物是一个实体（前者是能指，后者是所指）。蒙田同样认为女性的荣誉与当时社会给她规定的义务是毫不相干的。义务等同于贞节，这是当时的特点。

尽管他性格宽厚，却仍固执己见：保持贞节是一位妻子的义务。或者说，任何女性都有这个义务。令他感到惊叹的是，整个世界沉浸在一片色情的汪洋里，在这样的环境中抵制快感的诱惑需要钢铁般的意志和磐石般的坚韧。假设淫乱是一种恶习，但在他看来，这与其他大多数恶习相比根本不算什么。他怀疑"恺撒和亚历山大建立功勋时的坚定是否远远胜过一位美丽少妇的决心"，她们在极易使人放松警惕的环境下依旧守身如玉。

因此，面对女性在抵抗时所表现出的坚定，他表示尊敬：

> 这种无所作为要比有所作为更多荆棘，更多生气。我认为人一生披坚执锐比守身做处女容易；保持童贞是最崇高的誓愿，因为它是最难遵守的。[39]

责任的概念是严格的，今天，根据每位女性对它的理解，它的概念是多变的。这是一份美好的收获，意味着她们获得了自主权。

他从自身出发来诠释自己对责任的理解：忠于自己的妻子——弗朗索瓦兹·德·拉夏塞涅。在他们行周公之礼时他谨记这一点，这个概念符合用来区分爱情和婚姻的规则。在恋爱中，爱抚使我们感到炽热；在婚姻中，羞耻心束缚着我们。

他在《随笔集》中几乎不谈论自己的妻子，仅仅透露出一种平淡相处的观念。但这并没有阻碍弗朗索瓦兹·德·拉夏塞涅在蒙田逝世后（1592 年 9 月）去照看他的图书馆，并且十年之后同蒙田合葬在波尔多的斐扬派教堂里。弗朗索瓦兹·德·拉夏塞涅是波尔多最高法院一位议员之女，1565 年，面容姣好、身段玲珑、年仅二十一岁的她嫁给了三十三岁的蒙田。当人们埋葬他时，他的妻子事先在墓碑上刻下了丈夫身披盔甲的肖像。与学识广博的文人相比，她更倾向蒙田是一位戎马生涯、不喜文墨、身份高贵的大人。事实上，他介于武将和文臣之间，虽是野蛮的敌视者，却有着军人般的精神；虽受到书本的束缚，但依旧是个不知悔改的读者。总而言之，他呈现出一个文艺复兴时期文质兼备的君子形象。

关于他的忠诚，以下这段话就是证明：

不管别人说我多么放浪，其实我远远比我口头承诺的和心里期望的还要遵守婚姻的法规。一旦让自己被绊住，再反抗也为时已晚。[40]

他用这句话来区分名和物：

任何一个诚实正直的人都宁愿选择失去荣誉而不是丧失自己的良心。

至于爱情，比起他所处的那个时代，那些关于荣誉的问题于当代的我们并无太大关系，但他阐明这些问题的远见仍使一些人受益。这些人和我从前一样因自己的不幸遭遇而自尊心受损，况且他们是年轻人，还很脆弱。邪恶唆使他们不择手段地恢复自己的荣誉，他们与之搏斗。

蒙田并不喜欢这种对抗。

紧接着，我读到了下面这段话：

> 我认识一百位君子，他们被出轨，依旧作风正派，鲜少有失礼的行为。一位文雅的男性因此事得到同情，但不被轻视。

我在想象时突然冒出了一个想法：如果我想始终做到自重，我最好去提升自己，向这些优秀的男性看齐。他们能够摆脱被冒犯和被羞辱的束缚去原谅背叛他们的女性，甚至没有因为女性有权行使与男性一样的自由而怨恨她。

一项权利属于我，也属于那些年轻的姑娘。因此，有必要估量藐视公正这一行为的严重性，并克服因平等原则所造成的伤害。这样我便能得偿所愿地晋升为那些为人值得称赞却遭受妻子背叛的正派人。

这种不幸的频繁出现让人们的醋意不再那么强烈，除此之外，这"可怜的情欲"其实是另一个缺点：

> 不能向人诉说。因为你们敢向什么样的朋友去诉苦？是那个不笑话你，不会利用这些内情去接近、去通风报信，以求自己分到杯羹的人吗？

真是一个有趣的结论！蒙田以幽默的方式解决了这个问题。你们的看法一直是有偏差的，你们重新发现了正确的思路。

在《论维吉尔的几首诗》这一章中，他谈论妒忌。尽管他列举了许多疯狂妒忌者们的事例，但还是带着些许宽容和理解的态度：阅历和经验告诉他，这样的情感能使人陷入多么极端的痛苦。

蒙田没有更进一步深究。他只是建议去分析和研究致使现象发生的根本原因，尤其是母亲方面的背景。蒙田把抛弃列为产生妒忌的关键性因素，正是这一点让人绝望。其次是因竞争产生的暴力。被欺骗和被抛弃是两回事。我的女友不只欺骗我，还离开了我。此后，我便知道被抛弃者所遭受的创伤和幼时母亲形象之间的关系。

要发现母亲在其中占据了何等的位置，对蒙田而言也许并非易事：他的母亲像一个吹毛求疵的管家，性情冷淡。他和母亲之间从未相处融洽。如果母亲在蒙田心中占据一定的分量，那也是一个负面角色。因此毫无疑问，女性发挥的作用和母亲的作用是完全不同的。爱情充盈着他的内心，更能膨胀他的下体。蒙田对性行为的理解是机械的："我觉得维纳斯只是一种宣泄的乐趣。"随后是这段描写，带有明显的现实主义色彩：

　　　　这种乐趣引起可笑的感觉——发痒，芝诺和克拉蒂普斯在激动时轻率又冒失的荒谬动作，失态的狂怒，在爱情最甜蜜时因疯狂和残暴发红发烫的面庞，还有在疯狂中摆出这副庄重的、严肃的与出神的死样，在这里我们把快乐和龌龊杂乱地混在一起，极致的快感也同痛苦一样感到麻木、发出哀怨。柏拉图曾说人是神的玩偶，我觉得这句话说得真对。这是大自然的嘲弄，给我们保留了这个最暧昧、最普遍的行为，在这方面平等对待，疯子和智者、人和兽都一视同仁。[41]

人们已经很浪漫地描述了性行为。蒙田时常坦露，他是容易激动的、极为敏感的，但他也有冷漠的一面。"对亲友冷漠无情，对公共事务漠不关心，私心太重。"[42]

我们把他比作布朗托姆、龙萨[①]、安布鲁瓦兹·帕雷[②]，因为他会特别慈爱地关心那些分娩的孕妇和产妇，可对女性却表现得有些冷淡。总而言之，他的情感形成了强烈的反差。

蒙田不厌恶女性，只是眉头紧蹙，有一点儿尖刻，同时又满怀敬意。

除了年轻时她们引发他兴奋的欲念外，女性对丈夫的残暴逆来顺受和她们的悲惨命运引起了他的同情，她们的绝对忠诚也令他称赞。比如小普林尼邻居的妻子，她的丈夫因生殖器溃疡而痛苦不堪，经过诊疗后，她得知丈夫的病不能痊愈，此后一直要

---

② 龙萨（1524—1585），法国诗人，为"七星诗社"首要人物，提倡用法语写诗。著有《颂歌集》《赞美诗》《给爱兰娜的十四行诗》。

③ 安布鲁瓦兹·帕雷（1510—1590），法国外科医生，首次采用绷带治疗外伤，被称为现代外科学之父。

忍受病痛，于是她决定和丈夫一起自杀，从窗户跳入了海里。除了诱惑蒙田的美貌和他对贵妇人们的尊重，他还特别把书中的某些章节献给了她们，比如戴安娜·德·弗瓦——居尔松夫人，格拉蒙太太——吉什伯爵夫人，埃斯蒂萨克夫人——纳瓦拉国王安托万·德·波旁的情妇，杜拉斯夫人——她的婚前名字是玛格丽特·德·格拉蒙，以及贝阿恩和加斯科涅地区所有受人尊敬的夫人们。除了这些光辉的形象，他对女性的看法是模棱两可的。对他而言女性是脆弱的，他对妒妇、悍妇（以苏格拉底的妻子为首，她是苏格拉底一生的苦难）、妖艳的女人、矫揉造作的女人、虚伪的寡妇、故作矜持或水性杨花的女人以及那些因虚荣心作祟而假正经的女人恶语相向，这或许反映出他对那个生育他的人情感中粗糙的一面。

母亲既不经常哄孩子，也没有抱他坐在腿上，她肯定没有给他喂过奶，而这本是她分内的职责。她不常用摇篮，更不太给他唱儿歌——若想做到这一点，她必须违抗皮埃尔·埃康定下的不许用法语和孩子对话的禁令。也不会和他说太多话，除了用拉丁语，但初级的拉丁语并不适合长时间对话。她只是学会了一些皮毛，仅用来同蒙田讲一些小事，她的声音一点儿也不温柔、迷人。

拉丁语教育这一段是他唯一一次在《随笔集》中提到自己的母亲，甚至都没有提起她的名字——安托瓦内特·德·洛佩。

非学者，非救世主

蒙田不是也不愿成为生活的导师。他想成为自己人生的支配者，而无意左右他人的人生。"既不是统领，也不是严师"，而是一位食利者。"极度散漫、自由，是天性，也是习惯"，他只需保存好继承来的财产。他伪善地说，这"使我萎靡不振，不为他人着想，做事只对自己有利"[43]。

如果人们走向蒙田是为了缓解生存的艰难，那么没有比这更容易理解的了。但这并不是他的目标。蒙田希望某个朋友在阅读他的作品时，会根据自己的内心找到并拯救自己脱离孤独。因为他不给人忠告："我不会要求大家做什么，其他人已经说得够多了，但我要说我做的是什么。"[44] 并且，一如既往，他引用了诗人泰伦提乌斯[①]的一句拉丁语："这就是我的做法；你按照你的

---

① 泰伦提乌斯（约公元前190—前159），古罗马喜剧作家，著有《婆母》《两兄弟》《福尔弥昂》。

方法做。"

一副领主的姿态。

他没给出任何秘诀。为了获得平静的安逸，他提出了一些解决办法，但这些办法首先要对他自己有用。他不是心灵的导师，不是他所在领域受人吹捧的精神领袖，不是引领羊群的牧羊人。简单来说，他通过自己的自画像去激励那些好奇的人；他把自画像展开，如同一面镜子，使渴望像他一样的人映射其中。他提供了一个迂回的方法来使人们更好地认识自己，并且尽可能通过自己找到解决方法。

我们在蒙田的作品中并未发现明确的建议，就像从超人嘴里被揭示的真理一样。所有的建议都是从他的经验中仔细筛选出来的。《随笔集》向我们传达了它所构建的观念，它不是一个工具箱，也不是一本良好行为手册。为了控制自己的痛苦而在书中寻求明确教训的人会发现得救的线索，但如果他们想要找到方法，就摸错了庙门。如果在蒙田身上看到这么一位智者的形象，并使自己相信他在深入了解人类后就会在讲台上传授幸福的课程，这可能会错了意。

人的主张迅速增多，但很快就会遭到质疑。一切都有差别，都要变得灵活，都要让步。就像卷一第一章《收异曲同工之效》中的第一段所说的：

当我们落到我们曾得罪过的那些人手上，他们肆意报复我们时，软化他们心灵最常用的方法就是哀求他们的慈悲和怜悯。然而一些完全相反的表现，如英勇无畏、顽强不屈，有时候也会起到相同的作用。

这就是世界的列车，炫丽且多变。蒙田摇晃着前行，既没有那么多的怀疑，也没有那么多的抉择：这个是真的，但那个也是。独断不是他的作风。

> 在大多数情况下，我的意见向两边摇摆得非常均匀，因而我乐意靠抽签和掷骰来做决定。[45]

此外，潜伏的意识永远不会明确地知道是什么样的人被冠以这样的姓氏，诸如"米歇尔阁下、蒙田老爷、勋位团骑士、普通贵族"这些头衔。与建构起来的知识相比，这样的无知则更加让他、让我们感到充实。它拉着蒙田向前，与此同时，只要我们感兴趣，它也把我们未抓住的一切拉向我们。

某个难以确定的人被裹在这个姓氏的外壳之下，以他自己为例：这关系到后代会为它保留的声望。

> 我不指望为我的姓氏带来声望。首先，我并没有一个可以算得上属于我自己的姓氏：我有一个姓和一个名，这个姓是全族共用的，甚至也属于其他人。[46]

至于他的名字——米歇尔，"无论谁想取这个名字都可以"。

蒙田是新近的加斯科涅贵族（这归功于他的父亲，"骑士侍从、蒙田先生"），他觉得他的姓氏几乎不是他自己的，因而他缺少有用的记忆，并且只要他活得久，很可能某一天就忘了它。我们可能会想他是否在开玩笑，但是在他思索他是谁的时候，他肯定没说玩笑话。

他的航行不需要指引。世界就像大海，问题则如同海水，溢出的越多就会再出现更多。一个二十岁的小伙子或许曾经因为一份痛苦的情感摇摆不定，但他一定能在这些大风大浪中辨认方向。他把他看见的漂浮物当作木筏。蒙田习惯自省，越是如此就越能开拓新的视野。蒙田常常晕船，因而他避免乘坐带有车辕的马车、用轿杠抬的轿子和有横摇的船舶，对于这件事，他也说不出到底是为什么。这是一个问号，因为正确答案不断被修正。仅仅通过这一点来看，他就与我们今天经常看到的趋势不一样。据我们观察，当今每个人普遍认为最终的真理掌握在自己手上，改变它无异于剥去一层皮。我们咬紧牙关，拼命抓住我们的信仰，生怕有所遗漏。他是苏格拉底的继承人，总以一种平静的口吻说自己一无所知。这样的谦虚对我们而言是陌生的。我们以为自己知道，发表意见，迫使他人接受，草率解决困扰我们的症结。

在他那个年代，人们当然都是这样做的：

> 我们只是为了反驳而学习辩论，每个人不是在驳斥他人就是自己被反驳，争论的结果就是失去并且消灭了真理。[47]

在任何一个地方或年代都会发生这种行为。我们所处的年代同其他年代一样随波逐流，除非它自认为有优秀的品质。只有更好地聆听自己才能更好地明白自己，只有更好地明白自己才能更清醒地与自我和解，可我们却从不知道这样做的必要性，不惜一切代价强加真理于人，这是一种一叶障目、自欺欺人的方式。同蒙田那个年代的人一样，我们充满自信，被自尊心所困；傲慢使我们膨胀。蒙田则反其道而行。一旦一个确定的想法闪过他的脑海，他就会把它暴露在自己面前，剥去它的外衣，提取当中的汁液，然后将它重新缝合。但他一直是困惑的，时常挠自己的下巴，因为他知道论据是随意变化的，并且一切都证明：要长时间地聚焦在某一点上才能从中提取出一些确定的东西。

不管蒙田说什么，他都具有洞察力。

必须培养这样的洞察力。这并非一日之功。成套出售的、现成的想法和建议是洞察力的外包装。他没有为老顾客开一家商店，让他们来买完全做好的食物。相反，他要求我们陪他一起参与菜肴的制作过程。如果我们乐意置身其中，这会是一场盛宴。

与二十岁时相比，我现在更加明白如何阅读《随笔集》才能让我在一定程度上走出当时的困境。这件事距今为止已经很久了，当时爱情的瓦解压垮了我。

我学会了在倾听的同时更加仔细地观察周围的一切：

> 我从小就会把他人的生活当作参照，在这点上我养成了勤奋的性格。当我想到这样做时，我很少放过

周围有利于我达到这个目的的事：举止、脾气、演说。

我研究一切：我需要避免的，我需要追随的。[48]

我不像蒙田一样有能力从他人的生活中吸取经验教训，而是强迫自己观察眼前发生的一切，至少详细地描述那些令我兴奋的活力。去探索那段被抛弃的感情，它是如此痛苦，以至于每一瞬间都留下了深深的印记。它是妒忌一步步谋划所得，是一个颓废的灵魂承受的所有苦难。我试图去分析，竭尽全力。这些活力并没有让我成功地了解事情的进展。我对过去的自己一无所知，也并不了解现在的自己。我能正确地试探自己，但到了某个深处，这个尝试就失败了。普遍的软弱。谁独自一人没入周遭的事物，谁就陷入了困境。蒙田也是一个人，与我们相比，他更加孤立无援。无人成为他的指明灯。没有心理学家，没有精神分析家，甚至在拉博埃西离开后没有一个伙伴。他在幽暗中前行。

我越是纠缠自己，越了解自己，我的丑恶就越令我感到震惊，我越看不清自己。[49]

他亲自为他的智慧精心打造了一副眼镜。除了古代哲学家的启示和自己的观察，他在没有其他指引的情况下开启了一段旅程。他不惜冒一切风险反省自我，滑行、迷失，变得自负、丑恶、可笑。

他敢于这样做。

出奇的勇敢。我们的勇敢常常追求效果。如果我们登上舞台，包括出现在小说里，目的必是炫耀自己，令他人着迷或引起他人反感，不是为了寻找真理，更不是寻找智慧。我们落入影视文化的陷阱中，被吸入社交网络中，彰显自我、挺起胸膛、自认为独特。他却不是这样的，他越往前，就越明白自己在做前人从未尝试过的事，也就越发贬低自己。蒙田并没有因为自己的尝试而变得自负，反而表现出自己的平庸和一个"普通的灵魂"。借用萨特为其作品《词语》所作的高度总结，"一个完整的人，是所有人的结合并且等同于所有人，任何一个人的价值都与他相等同"。这是多么谦虚的话语，然而蒙田的谦逊不只是这样："对我而言，我只是一个低级的人。"[50] 更有甚者，他把"学样和模仿的本领"[51] 归于自己。从前他一直用拉丁语写诗，这些诗会很明显地带有他不久前阅读的诗人对他产生的影响，如同他的胡子一样——他留着特别浓密的胡子，如果他把手帕或手套凑到胡子跟前，沾染在上面的味道会持续一整天：

> 它们透露出我是从哪儿来的。青年时期那些亲密的接吻是有滋有味的、纠缠不休的，一沾上胡子便会几小时不散。[52]

他的胡子看起来很像他用来画自画像的笔刷。我们要是在他面前咳嗽，他也会跟着咳嗽。因为身体虚弱，他的脸色苍白发灰。他抱怨自己记性不好，但他吸收作品中的内容就像腐殖土吸收雨水。他"对他人的情感充满柔情和怜悯"[53]，他会情不自禁地落下眼泪。他经常接触的人和事浸润着他，或者是想象力训练着他。这个时代行驶在恒星效应、奇迹、魔法、幻象和巫师的预言中，蒙田并没有上当受骗。需要一种特殊的精神力量来摆脱这些信仰。他对迷信无动于衷，把它们留给了那些平庸的、"更懦弱"的灵魂。但他极易和他人的情感产生共鸣，令他印象深刻的感受压抑着他，令他沉重得喘不过气；情感渗透他的全身并且影响着他。

他已千疮百孔，这也让他变得温顺。

他坦率地承认了这一点：

> 因此，我这个人只适合跟在人后随大流：我并没有足够的信心靠我一己之力去指挥、引导；我乐于走别人走过的道路。[54]

一个提供教训的人会把谦逊藏在闭上的嘴巴后。

谈论自己不是缺点，甚至只谈自己也不是。在他看来，这是一个巨大的挑战，但也是一种明显的自傲：这种大胆意味着要足够自爱才能仔细地反省自我；要极少爱自己，才能和自我分离。客观地说，或者从公正的角度来说，过度和不足之间是一种微妙的平衡。如果指针严重向一个方向偏移，我们就轻视了自己；若朝相反方向，我们就高看了自己，同时也低估了他人。对他而言，这就是严重的错误。他所有的艺术都与调整相关：

> 我没有自爱到不知分寸的地步，也不会自恋到看
> 自己不像看邻居和树木那样清楚。[55]

如果要从蒙田身上吸取教训，那便是这一个：正确地认识自己，让灵魂得到休息。

顺着同样的但却更清晰的思路，他谈到了因哲学或因逞勇而自杀这一主题："……这是一种特殊的疾病，并未在其他任何生物身上看到这种相互憎恨、相互轻视的现象。"[56]极端的自爱和可笑的高估，对自己的憎恨和可怕的轻视，这两者间的差距与前述反常的两种极端同样微妙。

从头至尾，即使他在《随笔集》中不停地谈论自己，他也从未在任何地方说过"moi je"。丝毫没有赘述的痕迹。一面是蒙田所观察的"我（moi）"，另一面是暴露在外的"我（je）"。正是另一个"我"的现代性充盈着我们：目的是分析，而不是炫耀。

> 别人觉得这个题材丰富有价值，热心谈论他们自
> 己；我则相反，我觉得它枯燥贫乏，不会让人看来有
> 卖弄之嫌。[57]

不管在哪个时期，哪个年代，尤其在我们这样的年代，他都是一个有益的榜样。他鼓励我们不要把我们自己看得太过于重要。即使如此，在我们慎重地同意了这个建议之后，我们很快便重新贴近温热的肚脐，让自己蜷缩成一团。

我们渴望信任和安全感。蒙田也一样，但他采取了另一种做法。他竭力去抛弃它们，而不是让自己幻想。他在藏书室内的梁上所写的六十八条警句中（白底黑字，两种颜色形成鲜明的对比，与他平常衣着的颜色相协调；想象他穿成这样散步在成千本书堆砌起来的圆形空间内，活跃的步伐激发出一些想法），有这样几条：[58]

> 呼出的气流使羊皮袋鼓起，使人类自我膨胀。——苏格拉底
>
> 唯一肯定的是没有什么是确信无疑的，没有什么比人类更可怜、更傲慢。——老普林尼
>
> 把你当作高等人，这样的好评会让你迷失。——米南德

还有这一句，简单地说明了他的特点：

> 我继续我的研究。——塞克斯图斯·恩丕里柯

英俊、朴实，对冒犯自己的人仁慈宽厚，无可比拟的军事艺术，独一无二的口才，当世无双的勇敢，对自己的运气有着非比寻常的信心，这些都是恺撒非凡的品质。蒙田在称赞他的同时，也谴责他的虚荣和对光荣的欲望，他的野心侵蚀着他，也使罗马共和国摇摇欲坠，"单是这一个恶习"就足以"让所有善良的

人痛恨他"[59]。

有两个理由来解释蒙田对恺撒的抨击。

首先，以光荣为目的的野心违背了智慧的要求 —— 退隐。不要让世人谈论你，你要学会和自己交谈，才能学会满足于你当下的样子。

这是一种有着两层意义的道德。往浅了说，它有关一种漫无目的的快乐，如同屁股稳坐在折椅上的垂钓者或者脚穿木鞋、头戴草帽、手拿铲子的园丁。蒙田在《论退隐》中详细叙述了这个主题：人们猜测他身心俱疲，人生沉浮，忧心自己的健康状况，关心身体是否方便，担心力气正在衰退。往深了说，这是一只善于思考的海狸的道德：按斯多葛学派的结论，为了获得自由，要为自己构建一个内心的避难所来对抗一些必然发生的事，如危险、灾祸、疾病、死亡。这是一种暴风雨下的哲学，在暴风雨中，我们不指望任何人，既没有同伴的支持，也没有医学的救助。我们拥有双重身份，一个"我"以自我为中心，狭隘、虚弱、畏缩在自己几乎要散架的"核心"中，如同一位难以忍受肾绞痛的老年人。相反，另一个是反常的"我"，是另一个塞涅卡，既如同堡垒般能够抵御风暴，也像肥皂泡一样，每当有需要，就做好了破裂的准备。积极的一面是有助于忍受希望的破灭和身体的衰败，灾难性的一面是对他人漠不关心：

> 我们需要拥有妻子、孩子、财富，尤其是健康；但不能迷恋得让我们的幸福都依赖于此。我们应该为自己保留一个完全属于我们、完全自由的隔间，建立

我们真正自由清净的隐居地。[60]

这是一种有用的保护形式，却违背了现代性引以为豪的互助价值。在蒙田极力吹嘘的那些行为中，我们有时需要分辨沙土与金子。蒙田紧紧跟随塞涅卡的步伐。我们则远远跟着蒙田。

其次与自我满足有关。它的双层含义是：满足于自己的现状，并对此感到满意。一方面是从谦虚到卑躬屈膝，另一方面是从自满到自傲自大。恺撒代表着后者，与他相反的伊巴密浓达代表了前者。蒙田鄙视自恋。伊巴密浓达虽不是最光荣的人，但：

> 论果敢和勇气，他的果敢和勇气不受野心驱使，
> 而受智慧和理性指导。他的思想有条有理，到了随心
> 所欲不逾矩的境界。[61]

他的道德和觉悟同样无与伦比。与恺撒截然相反的是对美德本身的看法。在这方面，伊巴密浓达胜过了所有人，所有哲学家，甚至苏格拉底：

> 我还不知道哪个人的样貌和命运，叫我见了会引
> 起那么多的尊敬和爱。

布莱兹·帕斯卡大量查考《随笔集》，目的是为了谴责它的作者并且破坏"他所要描述的愚蠢计划"。帕斯卡飘荡在太空。蒙田

则行走在大地上。当帕斯卡写道："自我是讨厌的"，他想说应该崇敬上帝，忘记自己。蒙田则接受他的"我"占据重要的地位。这是一个迫切的要求，缺乏实质、变化不定、反复无常、没有意图：

> 我密切注意着我自己，眼睛时刻盯着自己，好像一个闲得没事做的人，我不敢说在自己身上找到的虚荣和弱点。[62]

一个坚定灵魂的特征是要敢于承认自己的缺点。此外，这个灵魂要敢于运用自己拥有的优点。因此，评价自己既不要过高也不要过低。这是诚实的基础。

蒙田就这样武装自己，允许自己直言不讳。当他表达关于自己或某个主题的看法时，通常情况下会以一种肯定的口吻，这从不是为了吹嘘自我，而是因为他说的是事实。

但也并不意味着说出一切。这或许很愚蠢：他明确指出要保留不撒谎的权利，除了疏忽和遗忘的情况外。

每个人都可以比较自己和他的经历，接受或否认他作出的评论。在《致读者》一文中，蒙田肯定地说如果他生活在服从于"原始自然法的自由"的民族中，他或许会"完整地、全身赤裸地"描绘自己。他带着一个最纯粹的自己站到了舞台上，就像人们所说的经过冷压榨提取而来的精油：既不西装革履也没有习惯，没有炫耀才能，没有特定的职业，也没有任何一个具有识别性的特征。他的目的不是为了展现他做了什么，而是他做事的方式。

> 作家们通过独特奇异的标志和人们沟通；而我首
> 先向世人展现的不是作为语法学家、诗人或法学家的
> 我，而是米歇尔·德·蒙田本人。[63]

既然这样，每位读者就自己管好自己即可。

同样就至善而言，它是哲学生命的圣杯，每个人对它都有自己的看法。选择的范围很广泛：瓦罗——恺撒时期的罗马法官、多题材的作家兼哲学家、颇有声望的神学家、博学的语文学家、农业方面的专家、深谙快乐健康秘诀的行家，据他统计，关于至善的辩论孕育了二百八十八个学派。

这便是蒙田所强调的。

而且，从瓦罗起，学派的数量必然增加。因此产生了这个建议：

> 我认为我一生中最大的光荣是平静度过：平静并
> 不是根据梅特罗道吕斯[①]、阿凯西劳斯[②]、阿里斯提
> 卜[③]，而是根据我定的。既然哲学没有找到任何一条对
> 大家都有用的、通向平静的共同道路，那各人就找各

---

① 梅特罗道吕斯（Métrodore，约公元前330—约前277），古希腊哲学家，伊壁鸠鲁的学生。

② 阿凯西劳斯（Arcésilas，约公元前315—约前241），古希腊哲学家，学园派领袖，其主要道德标准是"追求理性的东西"。

③ 阿里斯提卜（Aristippe，约公元前435—约前356），古希腊哲学家，苏格拉底的学生，昔兰尼派的创始人。

人自己的道路吧。[64]

　　他不是为了说教而存在，而是为了钻研。他发掘自己，引人注目；他讲方法，不做总结。希望人们不要向他提出他办不到的事情。《随笔集》是一则长篇故事，叙述着一段断断续续的旅程，目的地是蒙田自己。他常常几个星期乃至数月不写作，不口述。他任自己的思想驰骋在文字中，如同他在意大利旅行时的举动：肆意行走。他在这儿逗留，在那儿休息，返回或是抄近路，向左或向右全看他的心情。《随笔集》是提议而非决策，既不是代表威严的法官袍也不是戒尺。我们紧紧拥抱着它或去感受它，每个人都从中获取了适合自己的建议。

　　在《论悔恨》中，蒙田用一句话总结了自己的计划：

　　我不教育人，我叙述人。

　　他在讲这些事时既没有装得一本正经也不羞怯：他告诉我们他是如何大便的；他有一个中等大小的生殖器；关于青年时期与女性欢爱的夜晚，与次数相比他更注重耐心，比起墙角，他宁愿待在床上。他不止一次表现出自己的虚弱。他还告诉我们他是一个特别嗜睡的人，喜欢吃鱼胜过吃肉，爱冬天的雾凇胜过夏天的炽热。他喜欢用小酒杯喝酒，穿丝袜，在自己的紧身上衣上加一块兔皮或貂皮。他爱洗澡，一些没有养成每天洗澡习惯的人，似乎认为"结硬皮的四肢"和"被污垢堵塞的毛孔"[65]对他们更有好处，他为他们感到遗憾。他透露了许多与他私生活相关的细节，但并没有失去羞耻心，从未厚颜无耻。这是一种言论自由的心态，而非供述心理。他选择去掌控，而不是为此忏悔。

即将到来的老年鼓励着他：

> 我说的真实，不是一切直言不讳，而是我敢说一切。随着年事增高，敢说的事也增多，因为依照习俗，这把年纪的人可以随意闲聊，放肆议论自己。[66]

随着年龄的渐增，我更无拘束地"自恃年长"，尽管我很少这样做。

受他的影响，我尽力说服自己：我的死亡不会让我过度痛苦，我无须为自己的价值感到不安，而焦虑会让我失去价值。我努力把埃庇卡摩斯[①]的警句应用在我这个依旧健壮的人身上，他为了说服自己，把这句话刻在了梁上：

> 我不愿死去，但死去的我无足轻重。

这种严厉的态度更容易使人保持健康的体魄而不是让人身体不适。

在其他条件都相同的条件下，所有人，不论是否与他相像，

---

① 埃庇卡摩斯（公元前 540—前 450），希腊喜剧作家、哲学家。

都很容易理解他与我们谈论的话题：

> 一直以来，除了对死亡的思考，没有比这更能令我挂心的事了，即使在放荡的岁月也是一样的，游走在女人中间，游戏人生。有人以为我在一旁醋意大发，或抱着希望拿不定主意，其实我在想着今已不知是谁的那个人，他就在几天前突然高烧一命呜呼了，当他离开这样一次盛会时，满脑子想的都是闲情、爱情、美好的时光……[67]

他在写下上面这段文字时刚到不惑之年，正准备变得乐观；他打算鼓起勇气面对眼前的一切。但这是一种不抱任何幻想的乐观：不把过早的死亡考虑在内是一件愚蠢的事情。十年前，他目睹拉博埃西在八天内离开人世；时间更近一些，他的一个兄弟——年仅二十三岁的阿尔诺上尉离世了。在打网球的时候，阿尔诺的太阳穴被球击中，表面看起来没有受伤，所以他继续打球，甚至都没坐下来休息。五六个小时后，他就倒下了。这样的例子有很多，多到令人感觉稀松平常："怎么能够不去想到死亡呢，每时每刻不觉得死神勒紧了我们的脖子吗？"

死亡在他心中挥之不去，我们对此十分了解。蒙田最喜欢的主题，一部分是他与古代哲学的交流，另一部分是恐惧笼罩下的他的痛苦和他的经历。这种恐惧是每个时代、每个社会所共有的，在他那个时代尤为突出。旧思想的议论声、所有标记的坍塌催生出了这个世界；战争的肆虐、流行病的蔓延，还有世界上潜伏的威胁，都使那个时代满目疮痍。

时不时想到死亡，绞尽脑汁反复琢磨，一有机会就唤起对死亡的思考，这会让我习惯命运，并且让我与死亡的接触不那么突然，这种近乎迷信的方式可能会预防死亡的打击。意外的头疼、嘴角突然冒出的痘痘、没有任何特殊原因而疼痛的肩膀、不明原因的干呕、腹部的烧灼感或感冒后发青的眼圈足以让我确定我的死亡是确凿无疑的。因焦虑而辛苦工作的脏腑禁止我咀嚼一大块面包、大口地喝任何一种液体，这些令人恐慌的念头一旦袭来，痛苦就会伴随着身体上发生的一些可怕的改变而产生，只有喝一大口酒才能让我暂时抵抗这些念头的突然袭击。我触摸我的肚子、肋骨，贴着镜子观察我脸上一些最不明显的、预示死亡的迹象，我突然出了一身汗。当我发现令我安心的原因时，我仿佛觉得自己的存在是这样地强烈，感觉这一刻和人的一生一样有分量。我的感受与他的体验截然相反。蒙田骑着小马在距家一古里的地方散步，突然被仆人骑着的另一匹健壮的马撞得人仰马翻，躺在地上失去了知觉。他的脸被擦伤，剑落在十步远的地方，皮带断裂，后来才慢慢清醒过来。由此他得出了一个结论：除了令人感到痛苦的生命垂危，死亡只是一个过程[68]。焦虑与我展开另一场对话。我在那儿气喘吁吁，坐了几个小时，隐约看见了最糟糕的事。

他说，他的坠马大概发生在第二次和第三次宗教战争之间，他记不清楚了，总之是在他开始写《随笔集》之前。因为他从不

71

停止谈论死亡、思考死亡，所以他从自己的事故中得出的这个愉快的结论不能完全让他摆脱曾压垮他的恐慌。

之后，随着年龄的增长，头脑中的恐惧感逐渐减少。事物越接近，言语越少带有压迫感。因为死亡的事实和代表死亡的一切与责任和荣誉是一样的：有事物就有话语。和丧事一样：与死亡这个事实相比，更令人伤心的是死去的人；回忆一次告别、一个微笑、一个举动使我们回想起了生前的那个她或他。普鲁塔克"通过她儿时的鬼脸"[69]沉痛地怀念着自己的女儿。

我们需要出色的灵魂来泰然面对死亡。"这只适用于第一流人物，让他们面对这件事，审视它、评判它。"但唯独苏格拉底能够在论及死亡时"面不改色，满不在乎"[70]，不去寻求外界的安慰：他盯着它，目不转睛。

蒙田这样说：准备去死，这不是生活。"我们为死操心扰乱了生，又为生操心扰乱了死"，哲学还有医生要敦促我们做什么"得以让他们在我们身上使用药品和表演医术"[71]。但是这弄乱了优先顺序。提前焦虑不安是无用的。

他的死并不是最安详的。他认为大自然顺应我们的意志，它慢慢地削弱我们，使我们逐渐失去活力，到最后，我们在死前只剩下半条命。他还认为最简单的死法是在不知情的情况下离开。或者迫不得已，死于鼠疫。尽管他在波尔多任市长期间为躲过鼠疫而带着亲人出逃，但他目睹了鼠疫产生的影响：疫情很快被控制，在周围人朴素的安慰下，被鼠疫压垮的人不带痛苦地离开了人世。危险的境况在人们还未察觉时就已经结束了。1592

年 9 月 13 日，五十九岁的他以一种完全不一样的方式离开了人世。他害怕，他感到最痛苦的是由于窒息、被勒死或者如同异教徒一样被割掉舌头而不能说话。肾结石使他的喉咙受到感染，紧接着嗓子发炎 ——在中风彻底打垮他前，这种普通的炎症持续了整整三天。他试图咳出几个音节，但试了三天都没做到。在医生、传道者、泪流满面的朋友、面色苍白的奴仆轮流来看望他的时候，他勇敢地躺在自己的床上，这确实让他感到害怕，因为他一直希望在旅行中远离家人，独自一人死去。

艾蒂安·德·拉博埃西的位置

┓━━━十年前,在同事理查德·德·莱斯托纳克位于热尔米尼昂
┛━━━的家中,拉博埃西正与病魔斗争,疾病令他日渐消瘦,甚
至严重到无法让他回到梅多克的家中。他的妻子和叔叔陪着他在
此养病,他的叔叔德·布依奥纳斯是一位神父,父母死后,拉博
埃西在叔叔的关爱下长大。

蒙田和他们会合之时,正值炎炎夏日。几个月以来,鼠疫
在周围几个地区相继爆发,如阿让奈与佩里格。天主教徒和胡格
诺派乱作一团,他们趁机造谣生事、制造混乱。拉博埃西刚刚完
成镇压叛乱者的治安任务。在7月疫气侵入波尔多后,最高法院
拒绝了与外界的任何来往。

在1563年8月17日那个哀伤的夜晚,蒙田正在吃夜宵。拉
博埃西在隔壁的房间躺着,他让人去叫蒙田。所有迹象都表明他
正濒临死亡,他"只有一个空壳和人影",或者就像他自己说的:
"我不是一个人了,只是空有人的样子。"

这就是蒙田在致父亲的信函中所提到的拉博埃西的死讯。

这与他在藏书室梁上所刻下的一则警句几乎一样：

　　我很清楚我们所有活着的人都只是一群幽灵，一
个飘忽不定的影子。——索福克勒斯[①]

两天前的那个星期天，拉博埃西刚从昏迷中醒来，他告诉蒙田，他的四周好似一片混沌，只能看到一簇厚厚的乌云和一片阴暗的雾气。但在 8 月 17 日至 18 日的晚上，越来越虚弱的拉博埃西看到了另外一番景象，他告诉蒙田："我的兄弟、我的朋友，但愿我能看到刚才的幻想所带来的影响。"筋疲力尽的他不再发出令人揪心的叹息声，他试图继续刚才的想象，却是徒劳的。蒙田问这些幻想是什么样的。拉博埃西回答："它们很大、很大。"蒙田请他转述这些想象，以便让自己能像往常一样拥有那些涌上心头的高深思想，但拉博埃西却这样说："我的兄弟，我不能这样做，它们是值得仰慕的，它们无穷无尽、难以描述。"

不久后，拉博埃西先向他的叔叔告别，并对叔叔细心的教导与关爱表达了由衷的敬意。之后他向妻子玛格丽特告别，因为他温柔地爱着她，所以他称呼她为"我的另一半"。此后他便一直和蒙田待在一起。他在床上辗转反侧，大声地哀求蒙田给予他

① 　索福克勒斯（公元前 496—前 406），雅典三大悲剧作家之一，代表作《安提戈涅》《俄狄浦斯王》。

一个位置。蒙田害怕他的判断力受到干扰，他轻声指责说："您怎么能任由疾病摆布，一个稳重的人不该说这些话。"拉博埃西却更大声地重复："我的兄弟，我的兄弟，难道你要拒绝给予我一个位置吗？"蒙田接着跟他讲，既然他在呼吸说话，既然他还有一个躯体，他"因而有他的位置"。事实确实如此，奄奄一息的拉博埃西这样回答："我有，但这并不是我所需要的。当一切成为定局后，我将不再存在。"蒙田回复他，上帝很快会给他一个更好的位置。于是拉博埃西说："我已经去过那儿了，我的兄弟，三天前我已经离开了。"拉博埃西靠在某处开始休息，大概一个小时过后，他呼唤了一两次蒙田的名字，在长叹一口气后离去。

"有自己的位置"。这次交谈意味着什么？蒙田一字不落地保留了两人之间的对话，而这些对话一定是晦涩难懂的吗？

虽然评述书籍的作家像杀人犯一样经常返回他们犯罪的地点，但引用自己的作品却是违反礼节的。为了探寻这段对话的深意，几年前，我发表了一篇与拉博埃西之死有关的评论，它和一个难以解答的问题有关：缺少的位置，我们寻找的地方。当时我并没有另外回答这个问题，我猜想它反映了一个对我而言很有价值的主题，一种精神状态，一个意向。它深深地隐没在我的性格或故事中。这个问题困扰着我，这是我论及它的一个原因（而另一个同样强烈的原因，则是关于书信悲怆而震动人心的特点）。

同一个问题曾如何困扰蒙田便不言自明了。

在此处，蒙田影射人死后所待的地方其实不太重要：这是一种环境的慰藉。比起奇迹和魔鬼的角，他更不相信冥间的存在。他认为，活着的人不可能知道上帝那儿藏有什么，他不相信地狱，或者确切地说，他对此一无所知。在《随笔集》中，我们看见"enfer（地狱）"这个词只出现了一次，内容有关柏拉图和灵魂的蜕变。"purgatoire（炼狱）"也只出现了一次，讲的是在新世界的国家中，"我们的炼狱中是火，他们的炼狱中是水"[72]。只有"paradis（天堂）"被提到了四五次，它的意思却没有一次符合基督教的教理。但这并不能阻止蒙田成为一个好的基督徒，他重视教会并遵守教阶制度，也注重宗教仪式。只是冥间不是他的地方，正如他不描写存在的东西，但描述经过；不描写一个时期，而是每天、每分、每秒[73]。同样，他从不关心灵魂死后的命运，他只关心死亡，因为它是一切经过的源头。死亡的后果与死亡无关，也与神和天使无关。死亡的事实、等待死亡的这一刻与它所引起的告诫都是对的，但一旦咽下最后一口气，之后的世界就与死亡无关。蒙田取笑那些谵妄荒谬而可笑的幻想，它们被整理成册、汗牛充栋，哲学家和宗教信条创造了它们并用它们来描绘死后的生活。躯体的复活并不能让他更相信天堂，穆罕默德向他的信徒保证天堂是"用金子和宝石装饰的，栖居着美若天仙的少女，还有酒和独特的食物"[74]。这些想法在理性的国度里无权占有一席之地。冥间不接纳任何一份希望或绝望：临终的人会看到这些。

上帝赠予临终之人的安身之所并不真实存在，它只不过是一句充满同情却又无能为力的安慰话。

至于拉博埃西向蒙田索要的，可能是指那份把他们连接在一起的独一无二的友谊，或者是指蒙田应该替他保留的东西，比如他的藏书、在追求玛格丽特时创作的十四行爱情诗、他的拉丁诗与翻译，以及为他完成遗愿，出版他想要出版的东西。蒙田几乎把这些事当作自己的义务，带着万分的热忱和虔诚。不过，《论自愿为奴》①被放弃出版，首先是因为时机不合适，其次是因为在 16 世纪 70 年代的中期，加尔文教派以《反对独夫》冒名顶替了它，《论自愿为奴》也被视为反对法国君主制的文章，并且被当作号召人们杀死嗜血成性的暴君的——先是查理九世、随后是亨利三世——的檄文。而拉博埃西是一位效忠于法国王室的法官典范，即使他更想出生在威尼斯而非萨尔拉，他仍然有一条格言"深深铭刻在他的灵魂上，就是非常虔诚地服从并严格遵守他出生地的法律"[75]。

　　另一方面，蒙田再次以时机不合适为缘由，拒绝出版朋友所写的一篇与宽容法令相关的陈情书。法令于 1562 年 1 月颁布，与调解国内宗教纠纷有关，作为波尔多的最高法院议员，拉博埃西也参与其中。

　　《论自愿为奴》的原稿和关于 1 月敕令的回忆录的原稿同样无迹可寻。之前人们在普罗旺斯艾克斯地区的梅亚内斯图书馆的藏书中找到了一份手稿，它可能与这份回忆录相符，但没有明确

---

① 《论自愿为奴》是一篇讨论专制政治的论文，他在文中提出了一个严肃的政治问题，即权力对民众的合法性问题。拉博埃西试图分析民众对权威的屈从，解释统治和受奴役的关系。

的证据，专家一直在讨论此事。

在法国掌玺大臣米歇尔·德·洛斯皮塔尔的影响下，年幼的查理九世签署了这条宽容法令，洛斯皮塔尔受到了凯瑟琳·德·美第奇的支持。法令本是调节纠纷的最大希望，但它未能实现其目的。此外，《随笔集》也对此发出共鸣，但如竖琴的和音，它的影响最终消失在迷雾中。在蒙田那个时代所有最可敬的人当中，他说拉博埃西是最伟大的。面对教会和宗教改革运动之间对立的利益，蒙田是中立仲裁政策的拥护者，他有一份理想的国家职务，他提到法国掌玺大臣米歇尔·德·洛斯皮塔尔，并赞赏后者的才能和"不一般的德行"[76]。1570 年 4 月，他把拉博埃西的拉丁文诗歌《诗歌集》献给了米歇尔·德·洛斯皮塔尔，这既是为了寻求他的庇护，也是出于对他的尊敬。这位掌玺大臣是一位出色的拉丁语学者和诗人，他的德行配得上一首安魂曲，纪念已经消逝的妥协精神。

从小范围的分裂到教徒的烧杀抢掠，从诉讼到绞首架，宗派分裂的事态比枯草燃烧的火势还要严重，它愈演愈烈，进而导致了三十年的内战。天主教徒组成的皇家军队与新教徒组成的军队对峙，虽然双方签订了和平条约，但此后仍有新的战役爆发。层层围攻加上一连串的炮弹攻击，城头上得意扬扬的炮兵表明了军队前进的势头。1562 年，鲁昂战役爆发，"被我们包围的"[77]鲁昂从 7 月以来就被胡格诺派占领，蒙田就此事明确了他的立场。这座城市于 10 月被安托万·德·波旁攻占，他是未来亨利四世的父亲，在路堤解手时被火枪打穿，一个月后便离世了。之后在弗朗索瓦·德·洛林，即第二代吉斯公爵的指挥下，皇家军队在 12 月收复了德勒。弗朗索瓦·德·洛林，"刀疤的吉斯"，天主教事业的领导人，1562 年 3 月，他通过在瓦西的大屠杀挑起了战争，次年初，他准备攻克奥尔良，因为他立下了"足够的军功"。蒙田赞扬他是那个时代最可敬的人之一。1563 年 2 月后，波尔特洛·德·梅雷，这位信奉新教的绅士暗杀了他。交战者们强烈的复仇欲、破坏欲被这起事件短暂地减退，而后又猛然爆发。

对于那些参与内战的人，蒙田说他们这样做既非出于合理的理由也不是出于义务，而是因为他们生性向恶、偏爱暴力："他们挑起战争不是因为战争是正义的，而是因为战争本身。"[78] 他们以维护崇高事业的借口来辩解自己的嗜血，而事实上既没有高尚的灵魂，也没有虔诚，只有纯粹的利益。

蒙田认为伟大的上尉具备这样优秀的武德：不解开护膝套的纽扣。

1571 年，蒙田通过巴黎的弗雷德里克·莫雷尔印刷出版了关于拉博埃西之死的书信，他很快就撰写了《论懒散》这一章，并解释了自己为什么投入创作。这些作品之后就变成了《随笔集》，虽然当时要写这本书的想法可能还没有完全明确：

> 灵魂没有确定的目标就会迷失方向：因为正如人们所说的，到处不在也就是到处都在。

在蒙田的作品中，他为其灵魂在死后寻找一个归所而存在。这可能与他的精神追求有关：寻找上帝，让上帝无处不在，让教会承载着上帝的愿望，甚至在一股神秘力的推动下，向耶路撒冷朝圣。但蒙田和神秘主义之间没有任何联系。

关于政治追求：经常和王公大臣来往，给他们出主意，讨好他们，待在他们身边会使自己变得富有。如果他想这样做的话，或许会成功："我若为国王效劳，这行当比起其他要赚得多。"[79] 然而，他只想"博取个既没捞取也没挥霍什么的美名"。他只求"得过且过"，什么也不留下，没有财富，也没有荣誉。此外，他在 1573 年被任命为国王的王宫内侍，曾多次在天主教一方和亨利·德·纳瓦拉，即后来的亨利四世间进行调解，他甚至曾两次在蒙田城堡亲自接待过亨利四世。但是，一直为这些大人物服务，就是沦为他们的奴仆。

或者关系到一种军事追求：在战斗中充当前哨并在枪林弹雨中攀爬由戴着头盔、身穿铁甲的战士们组成的人梯；或在攻克拉巴斯唐德比戈尔城堡时，像那个七十岁的布莱斯·德·蒙吕克一样，鼻子和脸颊被火枪击中变得血肉模糊，获胜后，他命人屠杀所有占领者，尽管之前他承诺留他们一命。他活在血雨腥风中，觊觎杀戮带来的荣耀，与同僚同仇敌忾，用暴力来解决与真理有关的问题。鼓舞法国最高等的贵族阶级，冒着于其中丧生的风险让它自我分裂。在《随笔集》多处，尤其在第一卷中，蒙田谈论了古希腊、古罗马时期的战役与征服，也提到了他那个时代的。战争使他着迷，他不断围绕战争写作这个主题，同时抨击战争，把它称为"疾病"。

蒙田可能会选择其中一个不会有损"加斯科涅领主"——这个既符合他的头衔又与省份相称的身份的答案。

但这些选择是被排除在外的。蒙田既不强壮，也没有个性；他没有欲望，尤其没有精神。

他当然是勇敢的，却是一个待在家里的战士、思想家。

在蒙田将法官一职让与弗洛里蒙·德·雷蒙后，他就隐居在自己的城堡里。他整日无所事事、苦苦等待，他变得忧郁、性情失常，他胡思乱想，脑海中"出现这么多荒诞的空想和虚构的怪兽，一个接着一个，杂乱无章"。于是他决定随意欣赏它们的"荒谬和奇特"，他只看到了自己的古怪和丑恶，他的头脑就像那些等待播种的休耕地，或者类似于女性产下的"一堆肉和未成形的肉块"（胎儿流产、死亡），需要再次被播种：

> 思想正是如此。如果不让思想集中在某个事物上，不加以指引和约束，它就会漫无目的地迷失在想象的旷野中。[80]

他的懒散创造出来一些荒诞的空想和虚构的怪兽，不再是他曾请求躺在病榻上的拉博埃西向他传递的那些"值得仰慕的、无穷无尽的、难以表达的"思想。他辞去了自己在法院的职务，按照皮埃尔·埃康的心愿翻译出版了雷蒙·塞邦的《自然神学》，也包括拉博埃西的全部作品（除了《论自愿为奴》和1月敕令的回忆录）。他的小兄弟圣马丁上尉在前不久离世，他的第一个女儿年仅两岁夭折，这些几乎都没有扰乱他。

蒙田比任何人都明白为什么教会开辟出了一条坚定信仰的道路，这是为了避免理性在"这片辽阔的、动荡的、人类信仰波动起伏的大海"上"无拘无束、漫无目的地"[81]盘旋、漂浮。他的确鲜少提到宗教这个方面，比如上帝之国、圣人、《旧约》和《新约》、耶稣受难、圣母玛利亚、先知者。他比任何人都清楚为什么开放信仰自由会导致内战带来的灾难：他撰写《随笔集》是为了控制自己的思想，否则他会为其所困，正如人类天性的野蛮需要法律的束缚，否则肆无忌惮的幻想会变成一片混乱：

> 我们的思想是一个不易驾驭的、危险的、鲁莽的工具，很难让它遵守秩序和尺度。在我那个时代，那些出类拔萃、朝气蓬勃的人，他们几乎所有人都高谈阔论，不约束自己的品行。要是碰到一个冷静且随和的人就是一个奇迹。所以，给人的思想围上栏杆，不许越雷池一步，是有道理的。[82]

全面的自由是一个炸药桶。蒙田意识到废除等级制度、平等对待所有观点、颠覆纵向权力结构转而构建基于不切实际的个人信仰的横向权力结构、消除差异会造成多么极端的混乱。差异能形成一种几乎稳定、合理的世界观，而这样的世界观是内部和谐的必要条件。《圣经》的通俗语译本引发了翻译热潮，同时解放了要说服他人的意志，这种向来空虚、专断的意志因此变得更加疯狂。他说："被我们信奉的充满神迹的圣书以前是一团谜，现在则供人们消遣。"[83] 他还说，鉴于此，我们当然可以谴责为阐释《圣经》所做的过分努力："我还相信，人人都随意用各地方言来宣扬重要的宗教经典，这种做法是弊大于利的。"

他认为，如果没有对权力的束缚，人们满脑子都会是对一切事物（比如宗教、政治或者其他方面）不合法的判断。尽管人们所说的与被讨论的主题毫无关联，但每个人都准确地说出了自己经过实践得到的认知。就像面包师傅谈论做面包最在行，而不是几何学；泥瓦匠则是谈论他的砌造技术，而非医学；外交官谈论外交而非语文学；将军说的是兵法而不是建筑。

> 一个人有什么样的责任，不应该由自己来评论；应该向他规定，而不是由他任意抉择，否则，由于我们的理智和看法有无穷无尽的弱点和变化，我们会给自己定下一些责任，正如伊壁鸠鲁所说，结果会使我们互相吞噬。[84]

至于蒙田自己，他能真诚地谈论一切，也能什么也不说，因为按他的说法，他对任何一个方面都一无所知，比如耕地、植物、贸易、数学或者神学。知识的缺乏使他可以通过自身的情况去谈论所有人：

> 我谈一切只是闲聊，不是提意见。如果我说话非要让他人相信，我也就不会这么大胆直言了。[85]

在这方面，他觉得自己被迫去记录他所看到的幻想和怪兽是为了"欣赏它们的荒谬和奇特"，希望随着时间的推移，他的思想会对此感到羞耻。他不停地研究古代人的道德戒律，责备那些疯狂的人并称赞好的行为，评论无数奇风异俗，记录关于人类状况的奇谈怪论；他惊讶于自己的发展、变化和那些稳定不变的特征，并大力传播一些事实常理。蒙田也有许多小故事，通常是一些趣事或者英勇事迹，其中甚至有一些坊间美谈，比如"健康——自然能为我们创造的最宝贵的财富"，或者"困难让事物更显珍贵"，因此"不许我们做的事，就是煽动我们欲望的事"。或者，关于最理想的死亡，他引述恺撒的话："那是最没有预谋的、最短暂的。"

蒙田用既轻松又严肃的语气一股脑儿地说出了这一切，隐藏在其话语背后的是关于身份和位置的问题。

这个问题引发我们不断地寻找：比起寻求思想的稳定性，寻求与世界感情之间的和谐，或是寻求与存在事实的协调一致，蒙田认为要把探索自身放在其次，这就好比在容器中寻找里面装的东西。

> 如果我的灵魂能够安定下来，我将不再尝试，而是做出决定；我的灵魂一直在学习，一直在经受考验。[86]

85

这是无休止的运动。

从地理上来讲，就像拉博埃西或许更愿意成为威尼斯共和国的公民，蒙田在法国也找不到一个令他满意的地方。甚至巴黎也不是，虽然只有在这个城市他才感觉自己是个法国人。那是一种象征性的感受，污泥让整个城市散发着恶臭，这鼓动他逃离。或许在从前的法国，在"我们父辈生活的那个时代"，他能找到这样一个地方，但绝对不会是在他生活的那个社会。内战和战争引起腐败思潮，毒害着人们的行为，在这种人与人互不信任的氛围中，你最友好的邻居能突然变成死敌，你的家会在毫无防备的情况下遭受野蛮士兵的袭击，正如蒙田曾经的遭遇。只有用一副冷静而且坦诚的面孔才能得救，所有的道路都有可能变成陷阱，只有心灵坚定才能再次得救。蒙田一直在谴责同时代人的缺点和恶习，在国内的和平中，所有缺陷和道德的败坏都阻止着蒙田在他生活的时代中找到属于自己的位置。

他说这里没有属于他的地方："我感觉自己在这个时代一无是处，我要投入另一个时代。"[87] 那个属于庞培、塞涅卡、普鲁塔克的时代，在古代、古罗马，在遥远的过去。蒙田对他的同辈感到陌生，他一点儿也不想把自己当作一个现代人。面对现实，他皱着鼻子，但他的理性仍占据上风，他对我们的习惯漠不关心，因为属于这个时代的人都显得神采飞扬，甚至因此而自觉高人一等。

甚至在物质方面，找到属于蒙田的位置也是个问题。晚婚的原则适合他，因为上了年纪，成婚晚的男性把自己的位置让给儿子，不让他等太久。一位三十五岁的绅士有一个二十岁的儿子，他有理由拒绝为了儿子放弃自己的职位：他"自己抛头露面，随战争四处漂泊，或在王子的宫廷里任职"[88]。一位非常年轻的父亲为自己保留一个职位，孩子们因此憎恨他，盼他去世，这在靠利息为生的贵族中间尤为突出。这就是为什么蒙田会在一个合适的年龄成婚：三十三岁。但很容易猜到皮埃尔·埃康去世的年龄——七十四岁，这个年纪曾他感到局促不安。不过，皮埃尔·埃康也是晚婚，他逃过了蒙田的指责。安托瓦内特·德·卢佩却没有，相反，母亲和儿子之间存在严重的冲突，准确地说不是因为财产继承，而是因为理家。一方优先就要损害另一方：她想支配家中的长子、一家之长，而蒙田不承认她有这样的权力。

有人说蒙田为了让自己处在一个舒适惬意的位置上，一直"横冲直撞"。在父亲房子里传来的琴声中懒洋洋地醒来后，他就要到居耶纳中学上学。在这所中学上学虽没有让他备受煎熬，却让他感到拘束。平庸的课堂教学让他听得云里雾里，不如学识渊博的家庭教师讲课那样精妙，他从课堂中只获得了"对书本的厌倦，几乎所有贵族阶级都一样"[89]（并且和今天几乎所有的年轻人一样）。

当他在自己的"图书馆"看书时，就只是专心看书。他不是每天都这样做，也不会持续很长时间。但是他在家时有两个状态：身体上，他整个人待在塔楼内；精神上，全神贯注地投入到书本中。

蒙田在他的这句名言中体现了做自己的方式："我跳舞时跳

舞，睡觉时睡觉。"他借此反对虚假的智慧，这种智慧让我们轻视了身体的重要性：身体文化不仅仅意味着他专心去做他要做的事情，还意味着他在什么时间该做什么事，一次只做一件事并且不能把事情堆在一起。在他跳舞时，舞蹈占据了在这个特定时刻他所需要的整个位置，睡觉时也一样。每当他待在某个地方，这个地方就是身体和心灵的结合。那是一个完美的融合，什么都不少，什么也不多，如同理想的正义。由此他得到了满足。

他同样讨厌"当我们身体坐在桌前时，却被要求我们的精神上升到云端"[90]。我们在那儿，思想没有取代身体，除非我们希望自己变得虚无；我们的身体也没有取代思想，除非我们希望自己成为树墩。两者需要并存，缺一不可。

现代性渐渐遗忘的是位置的概念。我们生活在一个多功能发展的世界中，人体在那里被分割，同时做好几件事：开车、咀嚼、打电话、听广播、查阅电脑、抽烟、玩提线木偶。如果一位热衷于旅行的人跑遍全球，好像身后有个魔鬼在追着他，那么人们就会说他在一个地方待不住。这就是社会的信条，这个社会没有边界，它与多种行业的职业生涯模式接轨，如同瑞士军刀与它的各个刀片。在这个瞬息万变的社会里，蒙田可能会表现出他想消遣解闷的迫切愿望，他之前一直都这样做：

　　我曾经被一种非常不愉快的情绪所触动，按照我的性情，这种情绪只会更加强烈。如果我只依靠自己的力量，我可能会一蹶不振，在冒险中迷失方向。我

需要一件强烈吸引我的事来排遣心情，我有意也有心
地坠入了爱河，年纪帮了我的大忙。爱情让我放松，
使我摆脱失去好友带来的痛苦。[91]

当时蒙田三十岁，他刚刚失去拉博埃西，被朋友的离世夺去所有平静。为了停止哀思，他幻想着爱情然后结婚，如同迦太基祭献新生儿来填满摩洛克的火炉。

人们在经历痛苦后往往会从事一项繁重的体力活，在辛苦劳作中忘记自我。当蒙田卖了自己的职位之后，无所事事的生活让他胡思乱想，但他保持了分寸。他注意让自己免受动乱和人群带来的压力，但他并不因此而选择逃避。正是在王宫内，他决定写作，并以这种奇怪的方式开始游荡，不断地探索自我。对自我的探索并不是要对周围的一切无动于衷，蒙田的方式完全不同于那种自视清高而退隐的智者。他像苏格拉底和拉博埃西一样，没有忘记要严格遵守"规则中的规则，法律中的大法，即每个人都要遵循的当地法规"[92]。从这个角度而言，法国是他所在的位置，因为他认为：

聪明人内心必须摆脱束缚，保持自由，具备判断
事物的能力；但是行为举止上不得不随波逐流。[93]

蒙田在一座城堡内出生，它位于法国南部的加斯科涅地区，这里也是他的父亲和祖父的出生地。他的曾祖父买下了这座城堡，城堡的塔楼就是蒙田的藏书室，里面摆放着他的书籍。塔楼大概是这座城堡里最能代表他的位置：

> 我试图让这个角落免受时代风暴的袭击，正如我在心中开辟的另一个角落。战争形式千变万化，云谲波诡；而我，以不变应万变。[94]

这里是他停泊的地方。

一直到住进城堡，他都还在为自己的生活忧心，但他却没有离开：

> 有什么办法呢？这是我出生的地方，也是我多数祖先的出生地；他们在此倾注了自己的感情，在此留名。[95]

那里是旅程的起点，蒙田这样谈论自己的旅程："我很清楚我在逃避什么，但我不知道我在寻找什么。"

人们或许不应该将消遣视为一种罪行而去谴责我们对游牧生活的崇拜，是我们的现代性让我们产生了这种崇拜。为了去看其他地方有什么而背井离乡，自古以来就是人类的命运。尽管蒙田批评一些同胞把鞋底上的泥土带到了异国他乡，但当他重新回到他们当中时，却成了"一个正派人，这是一个混合人"[96]。与其和同类人打交道，他更喜欢接触其他人的思想，即使他会斥责旅客成群结队旅行的嗜好，并斥责他们迫切想要穿过边境就是为了陶醉于虚假的异国情调，但蒙田明白这种远离故土的需要。

他支持这些离开的动机：

> 我知道从字面上来说，旅行的快乐包含不安和犹豫。这也是我们主要的品质，并且是占支配地位的。是的，我承认，即使在梦里和我的期望中，我也看不见让我留恋不舍的东西。对我来说只要景物不同就值得，要是说至少有一件事值，那就是我见到的多姿多彩。[97]

离开是为了到达理想中的乐土，更是为了减少不确定性与内心的起伏。

寻找统治者就是一个费钱的计划。哲学认为统治者要"身心安宁"，但蒙田问："我们在哪里能找到这份宁静呢？"[98]确切地说，它无处可寻，这就是我们悲惨的情况。"我们既没有那么多要享乐的，也没有那么多要逃避的"，日常经验让"我们感受不到极度的快乐，就像感受不到轻微的痛苦"[99]尽管我们追求平静生活的意愿坚定不移，但在这样巨大的差异中，想要一直快乐的所有希望都落空了：安逸只是"没有感到不自在"[100]。我们没有实实在在得到平静，没有完全实现也没有获得幸福。那么理性地来讲，比起面对死亡，我们更要学习忍受痛苦。毒品、安眠药、短暂的爱情、棕榈树下的沙滩，有那么多消遣和逃避的方式，也有

91

那么多便携式的慰藉物和可以短暂减轻痛苦的场所。我们依赖于与痛苦抗争所带来的神秘变化，指望无数的娱乐能让我们远离烦恼。蒙田喜欢戏剧、游行、大众娱乐，但他拒绝一些骗人的把戏。他讨厌医学"厚颜无耻"地答应要治愈病人却不能让病人康复，他不信任那些治疗方法，也十分抗拒疾病的命名，因为这会夸大病情。他选择增强自己的勇气。然而在选择方面，为了少遭受一些痛苦，更别说结石引起的病痛，蒙田喜欢随不同的环境、语言和风俗习惯去改变自己的想法。于是他便和想去罗马提高剑术的弟弟贝特朗·德·马特库隆，以及他的妹夫——刚丧偶的贝尔纳·德·卡扎利斯，还有他朋友埃斯蒂萨克夫人的儿子查尔斯·德·埃斯蒂萨克组成一队。埃斯蒂萨克夫人是一位出身名门的寡妇，蒙田把《论父子情》献给了她。陪同他的还有一名贴身侍从、一头骡子、赶骡子的人、两名仆从，以及一位记录一切值得写下的事物的秘书。为了筹备足够的资金，蒙田在波尔多的西蒙·米朗日出版社出版了《随笔集》的前两卷。1580 年夏天，他开启了这一段花费巨大、为期十八个月的德意之旅，他在旅行中得到了休息，却没有找到内心的安逸。

期间，在 1581 年 3 月 13 日，罗马元老院授予蒙田正式罗马公民资格证书，"金字紫玺非常豪华"。这份言辞恭维、讲究客套且绝对真实的证书体现了自罗马建立以来长达二千三百三十一年悠久的历史，这让蒙田得到了真正的、巨大的满足。他很高兴并亲自翻译了其内容。他并不觉得自己是某个城市的公民，却是这座"唯一为普天下万众景仰的城市"里的人。罗马是"所有基督教国家的首都"；西班牙人与法国人，到了那里就像回到自己的家。蒙田为成了这座著名城市、世界之都的荣誉公民而自豪，他说：

> 成为这座空前绝后的高贵城市的市民而感到自豪。倘若其他人和我一样仔细地审视自己，他们会和我的感受一样，觉得自己一无是处，说的全都是废话。我要是舍弃了这一点，就不能舍弃自己。无论是这些人还是其他人，我们都是这个状态。但感觉到这点的人还要更强些，虽然我也说不清。[101]

与他相比，我们这些无聊的演讲者更不容易被欺骗。不过，罗马元老院颁发的证书还是让他欣喜若狂。因为除了身体和灵魂和谐共处的时刻外，他在跳舞、睡觉、看书的时候首先是奔着纯粹的快乐去的。他常为寻找一个位置感到烦扰，我们所有人和他一样都不同程度地被这件事困扰着，这就说明了蒙田那么触动我们的原因，也说明了如果如人们所担忧的那样，在不久的将来我们停止阅读《随笔集》，或者把读书放在次要位置，看书一目十行或完全不再去看，我们就会打碎一面神奇的镜子。我们一直没有意识到，其实我们也在寻找一个位置，它不仅是我们生活的位置，在那里我们接受了自己的存在，我们也憧憬一个确切的位置。我们如同蒙田，和他相像。他和我们不是同代人，却是同类人。

93

野蛮人和朋友

亨利二世派遣海军少将尼古拉·迪朗·德·维尔加尼翁去巴西建立殖民地，其主要目的是保护那些去沿海地带砍取红木（伯南布哥树）的诺曼底水兵并给他们供应生活必需品。尼古拉·迪朗·德·维尔加尼翁在1555年11月10日侵入瓜纳巴拉湾，为征服者们开辟了一条道路。未知的土地就像果酱招引苍蝇般引诱着那些渴望金子和香料的征服者，同时也为哲学家们铺平了道路。蒙田想到了"新印度"。他和我们说过的食人部落是原始人类的伟大代表，是文明人倒置的镜像，或者更恰当地说，是自称文明的欧洲人在倒置镜子上的映像。欧洲人认为食人部落与他们不同，是野蛮人：其中与之十分相近的，会想他是否有灵魂；而与之十分不同的，则断定他没有灵魂并因此让他沦为奴隶或者消灭他。

新大陆带来的冲击震惊了征服者们。美洲印第安人不知道上帝，征服者们假意接纳他们，却在私下认为他们不如欧洲人。

这个冲击是相互的，这些骑在马上、身穿亮闪闪的铠甲的外来生物也震惊了土著人并给他们留下了深刻的印象。他们把征服者当作神，尽管他们杀死了在新大陆上看到的第一个骑兵。一切都源自于对另一方的恐惧，但惊讶过后，食人族对侵略者笑脸相迎并送上花环。征服者却这样回报他们：一手拿着带耶稣的十字架，一手拿着武器去奴役他们。征服者的武装商船上装载着火枪、火药和大炮，掩盖在其笑容背后的是野蛮和凶险。

对一切都感到好奇的蒙田曾读过《法属南极领地的奇特之处》，该书作者是安德烈·泰韦，后者是人种志学的鼻祖，曾参与过维尔加尼翁的远征行动。蒙田还从一位交往甚密的老朋友那里听了一些见闻，这位朋友曾与食人族在一起生活了十来年，头脑简单，不可能编造故事，是值得信任的见证人。蒙田曾亲自品尝食人族的饮料和面包。他清楚地记得食人族某首歌的歌词并赞美了其中蕴含的诗意。1562 年，当查理九世率领得胜的天主教军队进入鲁昂时，蒙田碰见了三个野蛮人。他向其中一个提问，那个人向蒙田说明了他的部落为首领保留的特权仅在极少数事情上，比如在战场上要冲锋陷阵，除此之外，"所有的权利都是无效的"，人们为他开辟林间小径，目的是方便他去视察所管辖的村庄（那个被询问的野蛮人曾是一位首领）。

宗教战争中吃人肉的景象让蒙田感到恶心，他热切地将目光投向海的另一边，投向法国短期占有的殖民地——法属南极领地。蒙田想发现证据来证明自己的信念是正确的，即我们的社会随着时间的流逝远离了原始世界，那个属于食人族的世界，但我们的文明并没有成为最好的，反而成了最坏的。

他认为，进步走向了善的另一面，它的特点是走向极端，违背了正当的尺度，即衡量美与好的标准。我们越远离自然，就越接近一种自以为是的文明，越接近极端，恶也随之而来。

《随笔集》的卷一第三十一章《论食人部落》和第三十章《论节制》在逻辑上紧密相连。在第三十章的结尾，作者回忆"我们那个年代发现的新大陆，跟我们的大陆相比，还是块纯洁的处女地，没有被践踏"。《艾蒂安·德·拉博埃西的二十九首十四行诗》是《随笔集》的第二十九章，前一章是著名的《论友爱》，主要内容是关于兄弟关系；再前面是第二十六章《论儿童教育》，这章谈到了家庭、父母和子女之间的关系。中间的第二十七章《凭个人浅见去判断真伪，那是狂妄的》稍微有些离题，蒙田在这一章中斥责了人们的好奇心和对荣誉的欲望，这是"我们心灵的两大祸害"。从这几章中得出一条逻辑：真正的位置存在于如天堂一般的过去，那是我们失去的财富。

《随笔集》中提到的失去的两个巨大财富，一个是与拉博埃西之间的友谊，另一个是食人族生存的地方。

还有一个表面上看起来甚至与财富截然相反的"财富"，它并没有消失：家庭。

这就是他所认为的人类社会关系的三个基本支柱：一个是纯正的血统，一个是友谊，以及一个对立的极端——家庭，腐败的家孕育了堕落的人类。

食人族生存的地区物产富饶、气候宜人，有利于预防各种疾病和身体上的缺陷。珍视健康的蒙田很满意这一点，在专门写食人族这一章的开头，他力求去了解"我们刚发现的这个新大陆"。他对大陆漂移感兴趣，提到了他的弟弟阿尔萨克领主在梅多克海边有一块被泥沙盖没的土地。随后，他强调了食人族所在的地理位置，认为宜人的气候和食人族健壮的体质之间存在直接关联。大海逐渐吞没了梅多克的土地，这是一个漫长的、不可改变的毁灭的过程，就像暴力对旧大陆的损害一样。可与此同时，在世界的另一端，在这个温暖的地区，人们"沿海而居，后面有高山作为屏障"，在那里既看不到生眼病、牙齿不全的人，也看不到年迈佝偻的老人，看到的只有英勇的战士，他们是光荣的人，在厮打时和狡猾的欧洲人不同，既不耍诡计，也不使用致命的武器，只靠他们的英勇。（蒙田认为作战或者决斗时，勇气是关键，武器如同假肢一样，仅仅能起到辅助作用，它们只是一些间接的手段，一些高级的人造工具。因此他当时并不看好火枪的发展，在他看来，火枪几乎没什么用，他希望它之后不被使用，并且认为剑更可靠。）

气候的温和让食人族拥有非常健康的身体和平静完美的心灵。他们只靠自己的英勇在战斗中取得优势。这个群体依赖于丰富的物产，大自然的慷慨让他们不工作、不费力也不流汗就能生存。

"这是一个处于童年的世界"[102]：蒙田这样形容这些后来遭受毁灭的美洲居民。他们都非常单纯、天真、老实，那些诡计多端、道德败坏、冷酷无情的侵略者使他们受到了迫害。

"这是一个处于童年的世界"：这不是那个曾经因为亚当和夏娃的罪孽而衰败的乐园 —— 亚当和夏娃在蛇的引诱下偷吃了禁果并意识到自己全身赤裸 —— 而是他们最初纯真交往时的乐园。人性并未因《圣经》中那对恋人所犯下的错误而堕落，在没有罪恶、上帝，也没有魔鬼的环境下，人性迅速形成。自古以来，最初的伊甸园严格来说是人类的、世俗的、短暂的，并且是有死亡的，但维尔加尼翁刚刚登陆的巴西的食人部落比《论马车》中描述的墨西哥和秘鲁的皇城还要更纯朴、更新奇、更纯洁。

　　洞察力敏锐的蒙田是一位贪婪的幻想家。他没有隐瞒这一点，甚至还主张这样做。梦境与现实生活的界限在他看来是细微的："那些把我们的人生比喻成梦的人是有道理的，或许比他们想的还有理。"[103] 他幻想着遥远的世界，同时也幻想着从前的世界。因此，令他感到遗憾的是，是他那个时代的欧洲人征服了"新印度"，而不是古希腊人和古罗马人，后者或许会在这些新发现的民族中"慢慢磨平、清除野蛮的东西"，用他们的知识来丰富土地的物产和城市的装饰，把"希腊人和罗马人具备的美德和当地人拥有的原始美德"[104] 融合在一起。令他惋惜的是，这样的征服竟没有发生在过去的欧洲，而是由一群长着大胡子、身穿铁甲的兵痞实施的野蛮的战争，他们发现了这些赤身裸体、剃短毛发的土著，迫使后者披上可耻的外衣、信仰唯一的神。

　　胡子面具遮住了面部的肌肤。这多余的、迷惑人的浓密胡须和剃短的毛发、裸露的皮肤是截然相反的，后者体现出一种纯洁和天真。我们知道在《致读者》中，蒙田强调他所描写的是他自己："据说有一些民族还生活在原始的自然法则之下，享受甜蜜的自由，要是我身处其中，我向你保证我很愿意将全部的自己赤裸裸地描绘给你。"裸露和真实并存。

正是它拉近了理想社会两个版本之间的距离，一个是公共社会——食人部落，另一个是私人的兄弟同盟。这就是语言的作用：在野蛮人那里，他们没有与说谎、背叛、虚伪有关的表达，没有旧世界的人们身上固有的行为缺陷；在完美友情的语言里，朋友之间摈弃了容易产生分歧、欺骗以及难以理解的表达。在这两种情况下，语言是完全透明的。

这是任何一个社会的基础："只有通过语言我们才成为人，才能相互维系。"[105]倘若语言衰退，其他一切都会跟着衰退。人与人之间大部分的不和都是因为错误的理解和说明，讲话清晰、直白既是自我和谐的条件，也决定了民众内部的和谐。要成为他人的朋友，必须先成为自己的朋友；要成为自己的朋友，就必须成为文字的朋友。

> 我们的语言和其他东西一样，有其自身的弱点和缺陷。世界上许多麻烦的起因都是来自语言：对法律的不同解释引发诉讼；很多战争的爆发也是因为不能清楚地阐释国王之间订立的协议和条约。[106]

相比这种模糊不清的表达，食人者群体与完美的朋友类似，他们的语言都是透明的，地位都是平等的。社会群体和一对朋友都是统一的个体，没有关系破裂后形成的伤疤。尚处在童年的世界里和在真正的朋友之间，一切都是相同的。食人者组成的群体是一种理想的结合，可以避免他们内部产生分裂，而邪恶的意识便源自这种分裂，因此他们没有犯错的意识，不了解致命的竞争。在一份完美的友谊中，心灵"相互交织，彼此混合，全面融为一体，感觉不到是两颗心灵缝合在一起的"。[107]

在新世界里，个体通过一种独特的表达来称呼他们的同类："他们的语言中有一种说法，把人分为这一半、那一半。"这样的话也适用于拉博埃西与蒙田："我们各人为整体的一半"；"我好像只剩下一半"。在友谊里，一方是另一方的一半；在野蛮人当中，每个人都是其他所有人的一半；通过朋友之间不间断的对话与双方都了解的和平性格，朋友让他的密友变得完整，而食人者，他们集体上是彼此的另一半，把个人的完整建立在部落的平等之上。确切地说，完美的友谊中没有个体，完美的群体中也没有个体，但不完整的个体确实存在，因为它们相互补充。

野蛮人是自然母亲腹中最幸福的孩子，两个朋友是灵魂融合时产生的刚强有力的共生体。

家庭的枷锁

食人部落中不存在个体是因为他们没有家庭。人是彼此的另一半，正如朋友是他好友的另一半，这和妻子作为丈夫的另一半是完全不同的。我们确定的是，蒙田从未将弗朗索瓦兹·德·拉夏塞涅看作自己的另一半，即使他对她有感情，也从未在这段婚姻当中得到幸福。"人们曾说过朋友多么可贵，那其他类似世俗关系的事物又价值几何呢？" [108]

他对家庭（不是指他自己的家庭，也不是普通意义上的家庭）怀有敌意，且近乎感到厌恶。

在《论友爱》这章中，他描绘了亲属关系粗鲁又残忍的一面。像是为了更好地佐证他对于传统亲属关系的极端负面的评判，他带着某种兴奋提到：

> 以前有一些民族，根据习俗让孩子杀死自己的父
> 亲，还有一些民族，为了避免未来可能造成的障碍，

让父亲杀死自己的孩子。从自然规律上讲，一方的存在取决于另一方的灭亡。

普鲁塔克曾劝一位哲学家跟他的兄弟和解，而哲学家的回答却让蒙田觉得很有趣："我不会因跟他出自同一个洞里而对他重视。"

同样地，他倾向于质疑在西方盛行的家庭模式的普遍特征，也质疑当时普遍存在的乱伦现象。在许多民族中，他注意到：

> 儿子可以名正言顺地给母亲生孩子，父亲可以跟女儿和儿子厮混。有的地方在欢庆时可以互借孩子。[109]

为了更严厉地评论家庭，蒙田抱怨家庭的偏见是孩子们的牢笼，他竟然希望孩子的教育不在父母权力范围内，还希望让公共权力去支配遗产。他想象一位立法者对一个将死之人这样说："不论在过去还是未来，你们的财物和你都属于你的家庭。还可以说你们的家庭和财物都属于集体。"[110]

至于孩子，则不需要有他们。孩子是麻烦，是负担，让人白白替他们操心。他们就像人身上毫无用处的阑尾，是多余的、让人讨厌的。孩子是一株根苗，如果突然失去他，柔弱的母亲会感到悲痛，而非性格刚强的父亲。

在完美的友谊中，"每个人都全身心地属于自己的朋友，没有任何余力分给别处"[111]，没有父母，没有妻子，甚至也没有后代。蒙田这位温和主义者对于重要的事物从不让步，而是将其牢牢地钉在自己的准则范围内。

他也彻底地把友谊排除在家庭范围之外。在家里，父亲和儿子相互疏远，因为他们对待彼此既尊敬又谨慎，兄弟间则激烈地争夺遗产。婚姻和利益挂钩。在家里，母亲和孩子的关系是空白的，甚至未被提及。或许是因为父系制度的影响，或许是因为他自己的经历（母亲的确很少注意到小米歇尔，也很少跟他说话），蒙田对于母亲和孩子之间的关系几乎没有赋予任何价值，因为他认为"这份天生的情感，虽然我们对此非常郑重其事，但它没有深厚的根基"[112]。

家庭中的一切都是错误的。

篡权、强迫、滥用、不平等、竞争、挑衅：就是一场灾难。

同性关系显然不属于亲属关系，古希腊对这种关系的认可"恰恰是我们的习俗所厌恶的"[113]，但这并不意味着蒙田由衷地相信同性关系具有可耻的一面。

如果女性可以成为男性的朋友，在此基础上，充满情欲的爱情的确会比友谊本身更加完满，"但没有任何一个例子证明女性可以做到这一点"[114]。因为母亲的子宫靠父亲的精液孕育了家庭，家庭从一开始就构成了威胁，"妻子、儿子和仆人，都是我们的敌人"[115]。在陷入纠纷、利益冲突与争端操控的家庭关系中，母亲的任何关心似乎并不能证明社会关系中有温情存在的可能，因为社会关系正是家庭关系的延伸。一份完美友谊的理想形象是两个躯体共用一个灵魂，换句话说，它是一个自由个体，禁止家庭对他产生束缚。

因此蒙田有了这段感想：

> 父子的性格可能截然不同，兄弟之间也会如此。这是我的儿子，这是我的亲戚，但他也可能是一个凶恶的人，一个讨厌的人或一个愚蠢的人。还有，自然法则和义务要我们保持友好关系，我们的选择和自由意志随之减少。最能表明我们自由意志的莫过于感情和友谊。[116]

自由意志，这个想法可能会让人变得极其自私，甚至形成相当可怕的一面。这并没有发生在蒙田身上——他既是好父亲、好丈夫，也是好儿子，却发生在哲学家斯提尔波[①]身上。斯提尔波在一场火灾中失去了自己的妻子、孩子和财物，他冷静的面孔令马其顿国王德米特里感到惊讶。后者问他有没有损失，"他回答没有，并且感谢上帝，他自己毫发无损"[117]。

我们知道，最重要的是做自己，只和自己一致，但我们不能不顾家人亲戚的生死。蒙田在任波尔多市长期间，为了躲避侵袭波尔多的鼠疫，带走了妻子、女儿和仆人，也迅速避免了失去他们的风险。

---

① 斯提尔波（前380—前300），古希腊哲学家，麦加拉学派代表人物之一。

面对家庭带来的有害影响，蒙田是一名反抗者，同时他把友谊排除在欧洲现行的家庭模式之外，也把家庭排除在"新印度"的群体之外。

蒙田不把男女双方分居、没有生活在同一屋檐下的情况视为家庭。但"我们的妻子醋意大发，往往不许我们接受其他女人的好意"，"他们的妻子同样妒忌时却帮他们获取这样的好意"，因为妻子们"比起其他事情，更关注的是丈夫的荣誉"[118]。每个男性和每个女性都不属于任何人，自由自在，但他们相互依靠，相互联系，消除了孤独。这是一个载歌载舞的小世界，唱跳丰富了生活，也见证了喜悦。

在对于世代之间的关系的描述中，蒙田排除了传统的家庭模式。没有个体差异，也没有强制等级，美好的和谐就会随之而来。在食人部落里，

> 同辈的人通常称兄道弟；小一辈的叫孩子；老人
> 是其他所有人的父亲。这些老者让共同的继承者完全
> 拥有他们未分的财产。

没有父亲，没有母亲，也没有明确定义的兄弟，但有社会阶层。集体的遗产全部未经分割，每个人的完整性源自整个集体。一切都是共有的，因而每个人既属于自己也属于其他人，每个人只有成为其他人的同时才是自己。处于"这个世界的完美"中，一个人的全部来自整体的融合。完美的友谊也是如此。此

外，食人者在吃人肉之前，用于杀死俘虏的方式值得一提：俘虏的身体一侧被一个人抓住，另一侧被那个人的挚友抓住，两人一起杀死俘虏。紧接着，他们把俘虏烤熟，共同享用，并把剩下的人肉送给其他缺席的朋友。

在食人部落，祭司们所鼓励的"伦理"与节制相符合，适用于处理年龄分布和男女关系的问题。确切地说这与宗教无关，但涉及与自我以及与他人和谐相处的基本准则。首先针对的是男性，因为是他们保护部落免受外部侵略（每个部落的统一都源于不利的外部环境，而每个女性正是在这样的环境之下做出改变）。"战争的决心"和"对妻子的热爱"，这两个基本准则足以使人趋于完美。让所谓的神学见鬼去吧！最低限度的伦理维持着部落间的和谐，消除了争吵。在法国，大腹便便的修道士和假正经的牧师在争论时唾沫横飞、重伤对方，他们挥舞着拳头，全国各地都能听到他们的咒骂。他们被短浅的目光蒙蔽，死守着自己的教义。

在这种"伦理"中，不存在责任和义务以及可量化的目标，一切都是在无偿精神的指引下所取得的高度一致，没有利益和掠夺的概念。在与妻子长期相处后，双方的身体时不时会亲密地结合在一起。夫妻作为两个分离的个体无法真正成为一体。这让人想到了"缺席"在蒙田和拉博埃西的友情中所起到的作用。我们再怎么强调这一点也不为过：在蒙田和拉博埃西交往的这四年或六年期间，他们几乎不见面，而是通过书信联系，尽管蒙田写得"潦草，令人难以忍受"[119]。信纸上没有一处折痕或空白，但是

106

删划的横线随处可见，甚至一些写给大人物的信也是这样。

同时，在食人族对抗敌人的战斗中，经过流血与战斗时互相接触的皮肤，他们团结起来并达成一致。

伦理学中这两条令人宽慰的准则仍能在牺牲中找到，看这首

> 由一名俘虏创作的歌曲，歌中这样唱道："他们有种的话就都过来吧，围在一起把他吃掉；因为他们也会吃掉自己的父亲和祖先，这些人都被他吞入腹中当养料。" [120]

子孙后代之间的融洽意味着野蛮人吃掉了他们自己的家人，同时，在地域身份和世代混杂的背景下，他们也吃掉了敌人的亲属。这样的混杂将整个群体内的成员联系起来，群体内的赢家和输家都源自同样的先祖。

食人族生活的地方没有神学更没有法律，没有警察更没有法官，当然也没有货币，没有国家。柏拉图曾设想过一个理想的共和国，但蒙田的幻想则与野人有关：

> 这是一个国家，我要对柏拉图说，在那里没有任何非法交易；没有人识字；没有人识数；没有法官的名字，也没有政治优势；没有主仆关系，没有富裕或贫穷；没有合同；没有继承；没有分割；劳动都很清闲；对人不论是否有亲属关系都一律尊重；没有衣服；

没有农业；没有矿业；不酿酒，不种小麦。[121]

蒙田的证词有一个显而易见的不足，那就是没有经过实地调查。他是一个随笔作者，既不是宇宙志学者也不是人种学家，比起做实验，他更多的是在评论。然而他自称是一个真正的观察者，他的雄心证明了：他靠自己拥有的文件和掌握的信息做出判断，以此对抗旧世界的偏见与自大。旧世界虽以文明自称，但其实仍是野蛮的。蒙田甚至敢挑起舆论，肯定地说用弯刀和钳子肢解活人比吃烤熟的敌人的尸体更令人愤怒。此外，蒙田还提到，医生们用死尸来制药。在这种事情上，蒙田曾受到江湖医生的愚弄，他们所谓的用干尸制成的药剂实际上是腐烂的死尸身体上的肠液，医生竟让人们饮用它来治疗挫伤，从而得到满意的报酬。蒙田对此的态度不同于同一世纪的另一位杰出人物——安布鲁瓦兹·帕雷，这种欺骗行为让后者感到愤怒。但奇怪的是，蒙田在提到帕拉塞尔苏斯[①]、雅克·佩雷蒂尔、法尔奈、莱斯卡尔或西蒙·托马斯等"在他那个时代有名望的医生们"时，他从未谈到过帕雷（但他的秘书写在《意大利游记》中的一句话证明他认识帕雷）。蒙田既不是外科医生，也不是内科医生。他相信怪物和奇迹的真实性，他在安德烈·泰韦的故事中发现了古怪的生物，这令他欣喜若狂。安德烈讲述了他在遥远地区的旅行，尤其

---

① 帕拉塞尔苏斯（1493—1541），文艺复兴初期著名炼金师、医师、自然哲学家，著有《外科大全》。

是在法国南极属地的探险之旅。蒙田没有完全听信他的故事，他并不热衷于泰韦所描写的动物和植物，他感兴趣的是食人部落的生活习俗，关注的是人类和他们的社会。相反，作为一位极具实践精神的外科医生，安布鲁瓦兹·帕雷完全相信科学：他医治身体。而蒙田，作为一位伦理学家，对自然科学抱有怀疑态度，他力求治愈灵魂。他们两人身上都具有强烈的人文主义，一个努力通过行动取得进步，另一个则是通过他的《随笔集》。

对于蒙田、安布鲁瓦兹·帕雷以及那个时代的人们来说，现代性带来冲击的同时，也带来了人对自身能力的信心。尽管蒙田整个人沉浸在忧郁和悲观中，但他依旧保持着某种乐观情绪。只要他握笔写作或以一种欢快的语调口述他的想法，对上流社会的那些正派人士讲述一些轶事、秘闻，作为回报，那些人便给予他热烈的欢迎与鼓励。1580 年，他出版了《随笔集》的前两卷，1582 年再版。他构思着他的理想国，那是野蛮民族的理想国和友谊的理想国。理想国面向过去，但它还是理想国。

关于友谊的理想国，他先出版了有关拉博埃西之死的书信，随后写了《论友爱》，但这仅仅是回忆。他们非同一般的交往已归于过去，他再也不会像写信那样遵循趋俗的艺术准则。尽管书信打动人心，但它不强调修辞，而是按照一出戏剧的发展顺序，被有条理地引向高潮。书信以两种方式结束了他与拉博埃西那一段美好的友情，一是通过记述他的死亡，二是一种代替书信的全新的写作方式，即《随笔集》的写作方式。

《随笔集》和《论自愿为奴》之间也有着类似的关联。《论自愿为奴》是他们兄弟情谊的媒介。蒙田和该书作者在某场聚会碰面之前，很早就看过了这本书的手稿并且知道作者的名字。《论自愿为奴》好比一位画家的代表作，这位画家在他的家中与城堡内作画，房间内每面墙的中央都有他的画作，而在画作四周空白的地方，画家填充进去的"都是一些怪物，这都是荒诞不经的图案，仅仅通过奇形怪状来表现它们的魅力"。蒙田把这些图案比作《随笔集》，一些奇特的、畸形的内容东拼西凑起来的文章。蒙田不敢"按照艺术法创作一幅内容丰富的精致的画"，即写一本书，"却借用拉博埃西的一篇文章，使这部作品的其余部分沾光"[122]。这篇文章正是《论自愿为奴》，但蒙田不会出版它。

他很清楚，与他的朋友年少气盛时写的文章相比，自己要写的这本书才是真正的代表作。正因如此，他没有出版《论自愿为奴》。这不仅仅是因为不合时宜，也不是因为日内瓦出版了《反对独夫》。虽然《论自愿为奴》的语言散发出火焰般的光芒，思想也大放异彩，但相比《随笔集》，它的表现手法刻板，"主题也属老生常谈，在各种书籍里成千处出现"[123]，这才是它没有得以出版的主要原因。蒙田最终也删去了预备放在《论友爱》这一章之后的拉博埃西的二十九首十四行诗。

和信里面描述的一样，蒙田在《论友爱》这一章中，一如在其他章节中一样，用各种赞美之词向这份兄弟情谊——一座华丽的坟墓——致敬。但梦想已经消失了。

就像消失了处于童年的世界的梦想与食人族的梦想。他们在失去自由的同时也失去了他们的习俗。虽然既不失去习俗也不失去神是他们自由的目的，可是他们都失去了。我们甚至叫不出他们的名字，一切都消失了。

　　因为名字已经不复存在，在这场骇人听闻的征服后留下一片赤地，连地名和旧时的标志都被彻底毁灭。[124]

　　智者随着古希腊罗马文明的消失而消失。在蒙田所处的那个时代，"最优秀的人"[125] 的名单和精神失常、发疯的人的名单一样简短，而后者可能会无限变长。此外，这些优秀的人不能和那些智者相提并论，却和现代人的软弱形成了对比。与苏格拉底、普鲁塔克、塞涅卡相比，他们的智慧并非永恒。

　　甚至我们父辈时代的道德也消失了。它们不会再次重现。

　　什么都不会重新出现了。死去的世界和欧洲之外的世界只留下一些痕迹。蒙田在愉快的青年时期是一个悲观主义者，他没有快乐什么都不做[126]，他在逃避悲伤的情绪，幻想家蒙田已不复存在。

　　食人部落的命运在他身上留下了独特的印记。内战中的各种丑行体现了战争卑鄙的一面，圣巴托罗缪之夜和其他任何形式的冲突所犯下的暴行也并无二致。1572 年 8 月 23 日晚，天主教徒和胡格诺派教徒决一死战，城中谩骂不断、场面凶残，然而出于反感、谨慎或是拒绝表态，蒙田克制自己提起这件事。

　　在历史的长河中，被残忍屠杀的平民不计其数，妇孺老幼不知凡几，到处都是冷酷无情的专制主义，例如狄奥尼西奥斯或尼禄，他们象征着政府无耻的行径。

对人类的探索让他成为一个坚定的现实主义者。他摆脱了幻想，而那些否认事实的人则舔舐着幻想：

> 在罗马，人们看惯了杀野兽的场景，进而要看人类相杀和角斗士相杀的演出。我害怕的是人性中生来有一种非人性的本能。[127]

他厌恶残忍。既然自然将残忍赋予人类，那么，即便是在野蛮人中，也没有一个绝对善良的人，但有正直的人，不是启蒙时代的乐观主义所要求的虚幻的善良，而是纯粹的忠诚和坦率。蒙田不停地提到那些所谓的文明人，在他们身上，邪恶就像一种不治之症，而新大陆的野蛮人却正直、坚强不屈，这真是一个令人惊叹的发现。

我们对自身的定位和判断令我们感到满足，我们自高自大，趾高气扬，自认为要比野蛮人和野兽优越许多。蒙田对此感到愤怒，他毫不避讳地谈论刻印在我们身上"与生俱来的"恶习——残忍：

> 我们看到他人受折磨，内心不但不同情，还会产生出一种我说不出来的幸灾乐祸的快感，连孩子都体会得到。[128]

《随笔集》中尽是一些骇人听闻的行为、恐怖的场面、对酷刑细致入微的描写，蒙田通过阅读，通过对周围社会状况的了解，认识到了人类对于丑恶的迷恋，其证据比比皆是。

他完全了解人类的疯狂和肮脏，对他们的个性了如指掌。

然而，在逐渐征服新大陆的同时，在这些一贯卑劣的行径之外，又添了一起新事件。那里突然出现了一道裂痕。如果征服者们

> 打算传播我们的信仰，他们应该思考这不是占有土地就能传播的，应该占有的是人。出于战争的需要带来的死亡已经够多了，不要在炮火能够打到的地方，像屠宰野兽一般再次冷漠地掀起一场大屠杀。仅仅是有目的地留下一些人，让他们沦为可悲的奴隶，进行工作、采矿。[129]

最糟糕的是，这些所谓的基督徒某天会违背他们的信仰，表现得比异教徒或土耳其人还要残酷。在这种情况下，人类的残忍会通过一些从未见过的、丧失理智的行为暴露出来。蒙田对皮萨罗和科尔特斯的做法感到震惊，不仅因为他们是基督徒，还因为他们是人类。

尽管如此，他还是可以幻想在某些时代、某些国家生活着这样一种人，虽然他们的恶意是天生的，但他们是正直的，过着朴实的生活。然而，征服者们显示出了丧心病狂的凶残，以致于

如果有不少首领在他们征服的地方被卡斯蒂利亚
国王下令处死，这是因为他们放荡的行为令人发指，
他们几乎都不受人尊敬，令人们厌恶。[130]

另外，上帝让这些掠夺而来的财物在运输过程中被大海卷
走，或者在征服者的内斗中被消耗，征服者本人则在自己的犯罪
之地丧生。他们为自己所犯的重罪付出了代价，我们的宇宙无法
承载这样骇人听闻的罪恶。

即使世界充满了丑恶，但还没有达到无法扭转的地步，蒙
田在关于征服的评论中曾提到了这一点。从欧洲的犹太人大屠杀
到现在，我们知道了一个让人无法接受的真相：事实上，除了天
性本恶，人类在其内心的最深处隐藏着绝对的非人性的一隅，那
是无法发出任何光芒的黑洞。

想要自由

由自愿的意志是蒙田哲学的熔炉，它是构建内心避难所的条件，也意味着人作为个体自愿受奴役。

蒙田所说的自由意志和信仰自由无关，在他所处的那个时代，无神论除外，自由意志几乎是宗教自由的代名词。人们无法想象一个无神的世界。信仰自由的问题困扰着他那个时代，它注定要解决普遍利益的问题，人们料想蒙田会对这个问题展开详细说明。

然而根本没有：这个主题只启发他写下了一小章节，他在文中捍卫"叛教者"尤利安[①]，教会冤枉后者背弃了基督教（之所以说是冤枉，是因为尤利安表面上是基督徒，其实一直是异教徒）。蒙田在他的辩词中，并没有赞美信仰自由这项权利，而是

---

① 尤利安（331—363），君士坦丁王朝的罗马皇帝。他是罗马帝国最后一位多神信仰的皇帝，努力推动多项行政改革。

115

把它作为一个实用性的思想工具来介绍，它是尤利安实行统治的策略和手段，其本身并没有好坏之分。

他说，尤利安允许人们信仰自由，其目的是为了使罗马帝国内的基督徒和异教徒之间产生分裂，由此就能巩固自己的权力以便恢复多神论。尤利安用"以前基督徒的残忍"去证明"世界上没有哪种野兽比人类还要可怕"[131]，但他应该很害怕公开表明自己的意图。

蒙田明确指出，尤利安使用"信仰自由来引起内乱，而我们的国王则刚刚用同样的方法来平息内乱"。这是一种无耻卑劣的方法，或者退一步说，是一种实用主义的方法，统治者下决心不费力气地操纵权力，并为了制服民众的野蛮而将自由当作一种工具。然而在当今社会，自由被认为是最基本的权利。

在蒙田看来，自由不应该被这样利用。

他认为自由是有益的，它破坏了帝国的宗教团结，同时点燃了人们的热情，这正是作为伪基督徒、真异教徒的尤利安所追求的目标。此外，在蒙田看来，尤利安也是一位拥有众多美德的人物。在法国历史上，信仰自由的有用之处体现在相反的方面，因为若没有它，混乱可能会一直持续下去（然而1562年的宽容法令并没有制止动乱，对胡格诺派较为不利的新条约却暂时控制了局面，最终于1598年，即蒙田去世六年后，随着南特敕令的颁布，这场动乱终结了）。

自由意志对蒙田而言相当于一条通向智慧的道路，途中不涉及任何一种宗教权利模式或国家权利模式。

与拉博埃西相反，蒙田冷静地看待政治理论。在解决冲突的过程中，他没少提倡宽大处理并且主张积极寻求和解。但自由意志属于个人责任，它和人有关，而不是公民。

　　此外，他的朋友在十六岁时写下的一部作品引起了轰动，该著作以自愿奴役为主题。在十八岁时，这部著作因为它火焰式的风格和博大精深的思想为拉博埃西戴上了荣誉之冠，但这个主题并不吸引蒙田，或者确切地说，他不相信它的准确性。

　　关于这个主题，他找不到任何可靠的真理，也没有不容置疑的论据。

　　　　尤其在政事上，有很大一部分都是摇摆不定的、受到争议的。马基雅维利提出的论点有根有据，然而很容易就被人驳倒；这样做的人也可以轻易地再被别人驳倒。[132]

　　蒙田不蔑视平民。为了让蒙田养成尊重他人的习惯，父亲让他做村里孩子的教父，但他对此并不上心。拉博埃西鼓励那些被压迫的人不要再为他们的主人服务，通过不服从或消极抵抗来实施一种无暴力的反抗，这样他们就会变得自由。蒙田从不站在卑贱者、穷人以及仆人的角度，而是从雇主的角度去考虑事情。他憎恶暴政，一点儿也不独裁，虽然他说话声音像喇叭一样响亮，却很亲切。他主张自由讨论，前提是讨论的时候不张牙舞爪。哪怕他的仆人犯错，他对他们也很客气。他厌恶恶毒的言行，对于与罗马元老院作对的苏拉的死刑公告深恶痛绝。他还痛恨恺撒实施的威胁共和国的独裁。他以领主兼哲学家的身份进行思考并认为要通过自己的努力想办法获得自由。他不把自由划入以共同得救为目的、以集体斗争为方式的政治范畴之内。

一个群体的精神状态轻易不会被改变：他们养成的习惯不会被忘却。想要让他们改变来矫正他们，结果只会毁了他们。执意用新的形式来代替这个稳定的形式会摧毁人们想要翻新的大厦。

这是理论家产生的错觉：

关于最佳的社会形式和最具束缚力的规章制度，长期以来我们对此展开激烈的争吵，这些争吵只适合我们锻炼头脑。[133]

面对不切实际的、虚空的计划，现实会重占优势。

蒙田认为平民不会改造自我，也不会为人处事。他们听主人的，被主人摆布，是一群没有头脑的人，一旦向他们发出出发的信号，就会不由自主地行动："第一个出现后，他们就同声附和，随波逐流。"[134] 平民不能自己引导自己，无法从日常生活中脱离出来。他们辛勤劳作、来回奔波、忍受生活，如果平民力争获得自由，就会加速灾难的发生。不论是对新鲜事物的渴望还是幻想，都刺激、鼓舞着他们，这意味着要破坏传统慢慢建造起来的一切。

拉博埃西利用专制君主耍花招、说假话、施行奇事、设下各种骗局的行为解释了什么是自愿奴役，例如皮洛士[①]的拇指被认为能治疗脾脏疾病，再例如被法国王室作为其象征的蟾蜍、百合花徽、圣油瓶、方形王旗，这些毫无根据的谎言和没有价值的小玩意儿被用来欺骗无知的平民，是轻信害了他们。

蒙田却站在相反的角度进行思考：

> 由于人自身的不足，并不总能获得真币的报酬，于是用假币充数。这个方法被所有立法者采用，没有一种法制不掺杂礼节性的妄言、欺骗性的论点，作为束缚老百姓的缰绳。为了这个道理，大多数民族都有一个神奇的起源和虚构的开端，并且充满了超自然的神秘。[135]

同样，拉博埃西贬低"露天剧场、竞技、滑稽剧、表演、斗士、异兽、奖章"，在古希腊和古罗马，平民就是因为这些东西被人欺骗。这是"奴役的诱惑、自由的代价、暴政的工具"[136]。

蒙田却不这么认为。拉博埃西所认为的重罪，在他看来是一个手段，甚至是一种好处。因此他责备一些当权者拒绝演员进入城市、拒绝居民享有公共娱乐的做法，同时他称赞在人口稠密

---

① 皮洛士（公元前 319—前 272），古希腊伊庇鲁斯国王。

的城市内建立一些专门用来表演的场所的做法：

> 良好的管理不仅要把市民组织起来出席重大的宗
> 教仪式，也要让他们参加一些文体活动；人与人之间
> 的交往因此增多，也增加了友谊。[137]

他完全不相信平民，认为他们是一群难以区分的人。但他尊重他人，一点儿也不傲慢，尤其欣赏农民、手工艺人和牧羊人的朴实，赞赏他们遵循自然法则的生活方式，以及他们逆来顺受并接受死亡甚至是鼠疫的到来。他们听天由命，一些尚且康健的人会活生生地将自己葬在所挖的墓穴中，没有其他仪式。

他为百姓的无知感到庆幸，因为无知让他们免去了无用的烦恼，不去触及那些超过他们能力范围的事物。通过这种无知，他认出了他们；它源于自然，存在于他们身上，存在于"这帮粗俗无礼的乡下人的生活中"[138]。

此外，连续不断的内战让蒙田认清了一个事实，他毫不犹豫、不留情面地揭露了出来。通过某个借口或某些可减轻罪行的情节来压下丑闻，这种做法很让他厌恶：

> 得胜后的屠杀通常是平民和官兵执行的；在全民
> 战争中见识了这样闻所未闻的暴行，这些粗俗的小民
> 频频挑起战事，怒火让他们大开杀戒、双手沾满鲜血，
> 把脚下的身体踩得粉碎。他们并没有觉得自己有多英

勇，就像那些胆小的癞皮狗，不敢在野外攻击猛兽，只会在房子里撕咬它们的毛皮。[139]

　　面对他人所遭受的苦难，蒙田一向富有同情心，但他对庶民的起义没有一丝好感，认为当权者是名正言顺地掌握权力。西班牙是一个信奉天主教的国家，其国王腓力二世用铁腕统治压迫当地居民；而阿尔布公爵则以腓力二世的名义无情地镇压荷兰的新教徒，但这场镇压并没有妨碍蒙田以"宏伟"[140]来形容他的一生。

　　在他看来，君王统治人民的手段除了表现出政体类型——共和政体、君主政体、寡头政体或其他，并没有别的重要意义：君王使用必要的控制手段，主要在于让人民为了所有人的利益服从。因为与外界隔绝，这些君王在自己的王国内是盲目而一意孤行的，从小就没人反对他们。他们宛如生活在镀金的鸟笼中，身边都是一些拍马屁的人，这让他们无法体会臣民们的生活，蒙田没少为此感到悲哀。他觉得君王肩负着可怕的沉重责任，又很难把握权利的分寸，"他们的过错并非人们通常所犯的错误"[141]，他因此对他们更加宽容。

　　他对"自愿奴役"这个主题不感兴趣，这也可以解释他为什么没有出版《论自愿为奴》。拉博埃西的发问在他看来是不太合理的，因为，给予大众新的自由后人们为此疯狂、喧闹，这必然会成为分裂的根源。蒙田强调要保留那些经过慎重改革的习俗。

　　人们会说：在维护遭到威胁的特权时要冷静；一个失去所有的人在推翻社会秩序时要慎重。或许吧。但是，对于我们这些温和的、具有现代性的民主人士来说，批评是一件很容易的事情。教派纷争带有病态的杀人倾向，并在当时引来了疯狂的杀戮，国家遍体鳞伤、千疮百孔。他明确指出一定要避免激烈的国内冲突。

宗派主义，激进主义，极端选择，还有如此多的灾难。

> 当我决心站到哪一方，绝不至于偏激得不问是非。[142]

规定的自由、具有细微差别的选择、经过思考后的承诺，它们使人弃置了缺乏分析能力的尾巴主义和奴性的驱使。

> 当国家正处于动乱中，我没有因利益不同而去否认敌人身上那些值得称赞的优点，也没有忽视我所追随的人身上应该受到责备的缺点。他们赞扬一切对他们有利的，而我甚至都不能原谅我方的大部分事。[143]

在每种场合下都有判断力，在战事胶着的状况下保持镇定，在战场上头脑完全清醒。以伊巴密浓达为例，他觉得，当一个朋友面对他在另一方阵营的朋友时，如果他们是真正的朋友，便不会制服他，反而宽恕他。

在平衡状态下，个人判断总能克服群众、集体或阵营带来的压力。

塞巴斯蒂安·卡斯特利奥，新教神学家，在贫病交加中于巴塞尔逝世，他的遭遇令蒙田感到愤慨。泰奥多尔·贝扎，同样是新教神学家，也是日内瓦大学的带头人、加尔文的继承者、诗歌作家，和龙萨、约阿希姆·杜贝莱一派。蒙田提到了在圣巴托洛缪之夜被暗杀的沙蒂永将军，他是宗教改革的主要军事领导之一，士兵们对他的情感和古罗马人对恺撒一样。蒙田用"宏伟"来形容阿尔布公爵的一生，称赞弗朗索瓦·德·拉努的善良、温和与军事才能，后者在宗教改革中改变信仰，与阿尔布公爵带领的军队在荷兰展开对抗。

很少有比蒙田对他的教派更不忠诚的了，尽管他不觉得"在国家动乱、四分五裂的情况下"不站队是"诚实的，正派的"[144]。他承认自己是天主教徒，并且在骨子里是正统的，也是法国国王忠诚的臣民。但这位天生的调解者却给亨利·德·纳瓦拉，即未来的亨利四世出谋划策。在一定程度上，亨利四世受他的影响，放弃了胡格诺派的信仰，成为一名罗马天主教徒。亨利四世这种灵活的策略让人想起了尤利安。王国的和平相当于一场弥撒。1588 年，几个天主教联盟的极端分子否认亨利四世的合法地位，并把蒙田囚禁了几个小时，直到凯瑟琳·德·美第奇介入后才将他释放。

蒙田不带任何偏见地去评价一切事物，他公开说宽容最好的地方在于：在真诚地接受一些反对理由时，通过辩论来捍卫坚定的信仰，从而达成一个不失公正的一致意见。如果我们把大屠杀、盲目崇拜的冲动、卑鄙无耻的勾当、宣传影射的效应都纳入一部用革命书写的历史当中，其中包括在蒙田去世两个世纪后爆发的法国大革命，那么，我们可以认为，这部革命的历史可能会证实他保持克制和谨慎的正当理由，只要他需要，他会用克制和谨慎来对抗疯子和盲信者。

自然主义者蒙田

和其余一切一样，人的天性消失了。在原始的状态下，需求也支配着动物，支配着人类。欲望突然产生。有欲望，就有理性，理性试图让欲望接近需求，它游戏于这两者之间，却又在无数对立的观点中摇摆、迷失。理性具有蜡质特点，是可无限弯曲的，它如无限制的欲望一样灵活易变。因此人类是一种反常的动物，他飘浮在自己的假想中，涌出无数的怪念头、空洞的梦境、幻想、疯狂。

蒙田称赞适度。什么是适度呢？就是要学会知足。除了必要的，不要贪多。自然提供了必需品，文明则给予了一些多余的东西。欲望不停地追逐着躲避它的人，而我们只抓住了一些虚无的东西。蒙田是这样生活的：他只要他需要的。以前，他积攒钱财；变成聪明人后，他大肆挥霍，手里没有多余的东西。

"规则"二字是他的关键词。智慧的顶端是合乎规律的生活。要过好生活，就要遵循自然法则。

从一般性的放纵到过度只有一步，能迅速被跨越：这一步被称为人类的条件。我们人"由这些病态的品性黏合而成"，比如"野心、妒忌、欲望、报复、迷信、绝望"。残忍也是其中一种，"谁能从人身上除去这些品质的种子，也就破坏了我们生存的基本条件"[145]。

　　我们什么都不能改变：人就是这样，他有一副动物的躯体，也有浮在云端的思想。

　　蒙田没有做出确切表述，不过，在他看来，世界是由三个完全密封的独立世界构成的：上帝的世界，自然的世界，人类的世界。

　　上帝是难以接近的：它不是一个实体，而是一个无限的、永恒的、经久不变的、不可知的存在，它超出了我们的控制范围。公认的原则一旦确立，上帝与人类就会各忙各的事，互不干涉。

　　仅仅在基督教徒战胜伊斯兰教后的几个月，蒙田回想起了这场勒班陀海战，他没有说出事件的名字，只是将此事一笔带过，说这是一场"漂亮的海战"。他们的对手是土耳其人，这完全是一次人类的胜利，没有任何神的参与。引用神来解释尘世间一系列事物的因果联系，相当于把两个不能并存的世界不合理地连接在一起。因此，对于预言、占卜、占星家的装腔作势、对神谕的痴迷，蒙田的态度向来是苛刻的。尤其是面对神学争论、路德与加尔文引发的诡辩、宗教改革的走狗，蒙田是愤怒的。自负和骄傲让这些新学者自我膨胀，他们是邪恶理论的提供者。他们一边根据神意任意做决定，一边吹嘘自己通过合理的论据领会了神意。这是拙劣的争吵、可笑的辩论：理性方法和神的世界相斥。

人的世界依赖于人有形的躯壳。人只有通过感官才能进入这个世界。这是一组带有视觉、听觉、嗅觉、味觉和触觉功能的器官，和许多工具一样，它们无法识破天地万物的奥秘，无法触及事物的本质。因此，人无法得知宇宙的主宰在其无处不在的超自然领域内忙些什么。宇宙的主宰没有形状、没有面孔、没有身份，是一股纯净的力量，信仰在恩典的神秘影响下必须适应这股力量，仅此而已。

蒙田认为，人身上的一切都是流动的、变化的，人的感受、性格、情绪和想法都在改变，人没有一刻像他自己。人是易变且无常的，他在不停地演变。他不知道什么是肯定的，因为肉体的限制，真理将他拒之门外。感官伪造了论据，理性没法在混乱中建立秩序。蒙田在《雷蒙·塞邦赞》的末尾详细论述了所有这些情况，他用一段话总结了他的思想：

> 我们和存在没有任何联系，因为人性总是介于生和死之间，它本身是一个模糊的外表和影子，一个不明确的、软弱的意见。

事物的本质脱离于其外在表述，或者换句话说，字词不是事物，语言游离在存在的表面。

自然界依托于自然法则的稳定性：

> 本性是一样的，绵延不断。对现状做出了充分的
> 评价，也可以总结未来和过去。[146]

自然法则的第一条在于需求与满足之间的统一，如吃、喝、交配。其次，还有两条法则也极为重要：对自我保护的关注，对后代的关爱。自然要充分发挥其作用不需要借助任何手段和媒介，这是一个本真的世界。自然包括动物和植物，还有一部分是鲜活的人类。食人族接近自然，他们享有一种平静、有节制、没有烦恼的生活，烦恼折磨着所谓的文明人。城里人实际上比农民多，而农民与因无知而受到恩惠的野蛮人相似。知识的过错在于让人们的性情变得懦弱。对于一个文雅的人，不安的灵魂扰乱了他的力量，在爱情上，他通常没有骡夫有精力。健谈、好诡辩、骄奢淫逸是雅典文雅的特点，它教人们学习谈吐得当；与之相对的是斯巴达的力量，寡言少语、节俭朴素、品行正直是它的特点，它教人们学习好好做事。一个是多余的、奢侈的、关乎智力，另一个是必要的、朴实的、关乎身体。

> 我认为罗马原来是一个骁勇善战的国家，后来以
> 文礼治国。在我们这个年代，最好战的民族是最粗鲁
> 的、最愚昧的。斯基泰人、帕提亚人、帖木儿就是证
> 据。[147]

128

土耳其人的国家权力至上，这个国家优先要做的是毫不留情地扼杀对知识的兴趣。

文字和武器、知识和力量之间的对抗自古以来就存在，解决办法是将两者融合：不要过多的知识，但要有足够的力量。蒙田不要纤细的身材，而是增强肌肉，和他来往的那些绅士笨重的体形让他难以忍受。拉博埃西有着军人一般的体魄，但他也有文人的敏锐。

根据他的主要研究方法来看，蒙田是一个自然主义者。他说，"我们是自然主义者，"[148]同时他用天生的本能去反对一些科学方法和技术手段。人的欲望让人胡思乱想，人的理性也让人做出一些荒谬的行为。他拥护自然主义这个哲学思想，把人类放置于上帝的世界和自然的世界之间。他把前者留给了上帝，细心观察着后者，因为通过永恒的自然法则和确凿的事实，自然世界会证明其基础的真实性。

他在今天十有八九会表明自己是一个生态学家，并不选择任何一个宗派。他可能也不属于任何党派。他或许会捍卫爱护自然的必要性，反对普罗米修斯式的精神，反对擅取征服自然的权利。他或许会从这个观点出发：神遥不可及，而在神之下的世界里，自然相当于一道必要的界限，它使人类不去僭越超过其理性逻辑范围的权力。他或许会要求人们在使用地球资源的过程中关注平衡，还要求人们保护动植物。在《随笔集》中，蒙田是一个试着按照自然规律生活的榜样，就像在他的日常生活中一样。他可能会建议我们遵循某种伦理的法则，它和智慧法则类似，并且以两种观念作为它的主梁：简单，这个观念在于让人的野心屈服于谦虚，以便和原始人的朴素一致；坦率，它表现在话语中，话语是我们的灵魂用来传达意愿和想法的唯一途径，隐瞒就是对社会的不忠。

在摆脱了集体约束后，蒙田最终会在伦理的核心树立自由意志。

自然对他来说是一种生活方式，因此也是一种写作方式。在把这一章《论父子相像》献给杜拉斯夫人的同时，蒙田告诉她，他只愿"您读了这些文章后，想到的还是我的本色"[149]。这不是谎话：他的生活与《随笔集》是浑然一体的。他的生活就是他的写作。这意味着在说明事实的同时，写作不需要任何技巧和修饰。其他人则显得不自然，他们看着漂亮，脸上扑了粉，留着鬈发。不要矫饰，不要涂改：简单就在于此。不是要把句子过于精简化，使其变得最短，以致被简化到几乎无法表达，而是句子的风格要饱满，要有力，有时候要复杂化，但不拖泥带水。他写作不会预先拟提纲，而是不假思索，下笔成文。他用自己喜欢的语言写作，这种语言是真实的、强劲的、粗犷的、有力的，"丘八作风"[150]。

谈到古人的习惯，他们的和我们的相似，蒙田直言不讳：

他们用海绵擦屁股（让女人毫无意义地忌讳这样的用词吧）：所以海绵在拉丁语中是一个脏词。[151]

光说空话的人满足于用这些没有意义的话来欺骗世人，害怕说话的人相互畏惧。蒙田强烈地反对社会习俗，用自己的笔杆子抨击它们，无视他人苍白的面色和紧绷的嘴唇。对于一些夸夸其谈的人，他反手一击就把他们赶走："让我们自鸣得意而于事无补的伶牙俐齿见鬼去吧！"[152]

　　生活的方式、思考的方式、写作的方式，这一切在自然的笼罩下协调一致：这是蒙田的试金石。

　　在蒙田以此为基石创作了《随笔集》的墙角下，我们应该想想还剩下什么。

明　天

这是关于他的一切：在高中，蒙田几乎什么都没学到，在大学也没学太多。他有自己坚持钻研的点，但是在青年时期，对蒙田影响最大的一件事是失去了慈祥的祖父，比起父母，他和祖父更亲近。

很多年前，我在高中二年级的课堂上接触到了这本书，当时我们正在学习书中的几个篇章。紧接着被要求阅读其他章节来拓展课程，但我们并没有看完整本书，甚至都没看完大部分内容，因为《随笔集》是一个庞大的整体。

后来，我觉得求助于书中的经验、蒙田描绘的智者以及他的想法和意见是一件幸运的事。剥夺青少年接触它的权利是不公平的。青年们想念蒙田，只是他们还没有意识到这件事。

嗜古，一些人会这样说。

有谁见过哪位老人不赞美过去的时光，不指责现

在，不把自己的苦难和悲伤归咎于当前社会和人心不
古？¹⁵³

随后蒙田引用了卢克莱修《物性论》（*La Nature des dieux*）
中的一段话，说的是一位年老的农夫把现在和过去作比较，他叹
了一口气，一边想像他父亲那样幸运，一边低声抱怨过去人的虔
诚。蒙田补充说："我们看一切都从自己出发。"

当然，年龄通常是问题的关键。但是，假设我是老年人，
情况依然是这样。当我们碰巧研读《随笔集》时，我们读的不是
书中的某些章节，而是一些摘要。它们被摘录在一本按主题汇编
的文集中，题目是"自画像"或"讽刺"。教学法让我们像解剖学
家一样来剖析文学作品，在这种方法的影响下，我们站在中立的
角度上阅读这些摘要。学校以实用主义的名义让我们拥有特权并
允许我们使用一些技巧性的分析方法，这种特权让文学作品失去
了浓厚的人文色彩和教化他人的主要作用。把蒙田放在实验室的
工作台上，把他切割成一个个带有论据的圆片，中间夹杂着一些
修辞手法和互文。谁会接受把蒙田从活人的世界中剥离出去的
做法呢？我们把他的遗骸交给殡仪员。讨厌他作品的人会这样
反驳：

谁曾经问过他的弟子，对西塞罗某名句的修辞和
语法是怎么想的？¹⁵⁴

或者：

> 你们听人们说转喻、隐喻和讽喻还有其他这样的语法词汇，难道不像是某种稀有的、外来的语言形式？

蒙田对这种教学嗤之以鼻，认为它既没有发挥主导作用，也没有核心内容，用的都是一些令人费解的术语。作为一位领主，他的道德建立在空闲之上，他尽情享受的闲暇时光当然和农民、手工业者、公证处文员、女仆无关。要是没有空闲的时间，他如何努力获得自由意志呢？

蒙田完全意识到了这一点：

> 有一些枯燥并且难学的知识，大多数是迫于生计而勉为其难去学习，应该把它们留给那些为世界服务的人。[155]

他喜欢的是一些有趣、易读的书籍，这些书指导他如何生存和面对死亡，还帮助他成为一个聪明人而不是博学者。晦涩的书籍和简单的知识的区别在某种社会中是有关联性的。比如在他那个社会，总的来说是一个文盲社会、农村社会，它能够明显感知四季的往复和交替，却对银行家和船商保有的资本和财富漠不关心，后面的这些人通过新兴的全球化变得富足起来。在那个社会，经济相对节约，人们有食品储藏室，谷仓里也偶有盈余；普通人手头一分一厘地积攒，一些大人物则一掷千金；贸易往来密切，到处都有入市税征收处，这是些合法的"强盗"。在道德方面，半封建地主赞扬通过自力更生得来的租金，蔑视不择手段获取的利益，男性崇尚打猎的魅力，厌恶经商的勾当；贵妇人的高傲与灵巧得到赞美，拾穗者压弯的脊背饱受歧视；精致花边与粗布麻衣形成对比；人人追求富足的生活，而不是只满足生存所需。但是，没有什么可以阻止现代性让所有人从文学教育中受益，这正是蒙田在书中所寻求的一种教育：针对君子，而不是一些枯燥乏味的、令人头昏脑涨的概念。在学校时，一些差劲的老师嘴里面冒出的都是生硬的词语，他们对学生的反应漠不关心。这样的教育让人昏昏欲睡。

促使人文主义形成的价值是不稳固的：它们有一段历史，是作品赋予这段历史意义和生命。文学研究被一句句行话包裹着，它被安葬在石棺中，任何人想到这点都会感到无限悲痛。

尽管蒙田现在很受欢迎，但因为他的作品和诸如此类的作品几乎都不再出现在课堂教学中，所以读他作品的人会越来越少。没有人引导青少年去攀爬散文和思想的陡崖，而一些才智出众的人却是那里的常客。过去散文在这里兴盛，今后则是荆棘丛生。

所有人都能以自己的方式漫步在《随笔集》中。语言是很容易克服的障碍，只需一本该时代的法语版本即可，但要更新拼写和标点，我用的版本就译出了一些现在不用的表达和术语[156]。我在青年时期看的是维莱转换的版本，其拼写是参考 1588 年在波尔多出版的那个版本（蒙田曾特意为了这次出版去了巴黎，很快就被天主教联盟的极端分子囚禁）。我用的这个版本包含了蒙田后续为这本书补充撰写的所有内容，实话说，在今天，这个版本晦涩难懂，但总好过那些失去风格的现代法语版本。蒙田好像在用古法语表达，但其实他用的是现代法语，虽然不是我们所说的那种，因为他的才华让法语变得独特；也不是现在使用的法语，它和我们之间相差了五个世纪，但肯定是现代法语。

他的语言与其他一些作家很接近，当我们有时间并且渴望读他们的作品时，一开始并不困难：其中最有名的是龙萨、杜贝莱、布朗托姆、阿格里帕·多比涅、玛格丽特·德·瓦卢瓦、路易斯·拉贝、皮埃尔·德·埃图瓦尔、让·博丹。当然也不要忘了拉博埃西和玛丽·德·古尔内。后者是蒙田的"义女"，虽然她与拉博埃西平行的地位令人怀疑，但这是出于蒙田对她的感激。古尔内是六个兄弟姐妹中的老大，她是蒙田的仰慕者，她是那样年轻，蒙田足以当她的父亲了。1588年，他们在巴黎相遇，可能那个时候她就对他心生爱慕。当时她二十三岁，他五十五岁。早在五年前，古尔内在读过他的书后就为他着迷。这次相处令蒙田欣喜若狂，他知道自己被人理解。在皮卡第，他们在古尔内的家族城堡内度过了几个星期，之后便再也没有见过面。他们一直互相写信。玛丽·德·古尔内是一位捍卫女性事业的战士、拉丁语与古希腊语学者。她不讨人喜欢，一直单身，并因痴迷于学习而受到某些人的嘲笑。她的思想特别开放，被书中新增的内容深深吸引并在1595年首次出版了《随笔集》全集。蒙田死后，她在弗朗索瓦兹·德·拉夏塞涅家住了好几个月，实际上是在指定蒙田的遗嘱继承人。蒙田的遗孀没有任何理由反对这件事，他的女儿莱昂诺尔也没有，任何人都没有。今天，我们在阅读玛丽·德·古尔内所写的《蒙田先生的散步场所》（*Le Promenoir de Monsieur de Montaigne*）和《论男女平等》（*L'Égalité des hommes et des femmes*）时不需要任何帮助。除了一些过时的表达和陈旧的用语——这些都是时间留下的、无法避免的印记——阅读她写的作品和她同时代的作品一样，我们全都能或几乎都能看明白。

我们误以为蒙田的作品只是一片适合生长在林间空地的荆棘。我们落马时借助马镫就能重上马鞍，读他的作品好比骑马，如果一些用语难住了我们，页面底部的注解就能起到马镫的作用。

并且，在《随笔集》中漫步的人，大可跳过一些很难读懂的章节，并不是每次都要理解整部作品。

他的书像客栈主人那样好客，它会为你们提供饭菜，待客热情大方，毫不做作，因为他自己也极为贪恋美食。在吃东西时，他拒绝使用勺子和叉子，而是直接用手把食物塞进嘴巴，因此他酷爱德国的白色餐巾，人们每次上菜时没有像换碟子那样更换餐巾，这让他感到懊恼。

将《随笔集》转换成目前使用的法语时，某些版本可称得上是译作，好像原文是一种外来语。这样的转换冒犯了那些忠于原文的人，但原文排斥我们自发的理解力。要很有才华才能完成这样的转换，但对精准的顾虑并没有避免语言转换对作品的歪曲。

如果使用现在的法语，蒙田就不再是蒙田了。这种解决办法有利于人们接触文本，它相当于一块垫脚石或是一块餐前点心。但提出这个办法相当于利用代用品，它扭曲了人们对《随笔集》的看法，有可能使人觉得这本书没有魅力，枯燥无味，缺乏生气。一个被淡化的蒙田就好像没有口音的帕尼奥尔[①]，没有铜管乐器的瓦格纳，没有巴黎圣母院的巴黎。

对文本有争议的忠实与转译预示着向蒙田告别，向真正的蒙田告别，比如那个"唠唠叨叨"的他。忠于他的表达，就好比要在作品最初的形态中去领会它，沉浸其中。

我们倒不如遵从他的喜好：

> 同样，我非常感谢雅克·阿米奥，他在一次法语演说中完整保留了拉丁名字，没有为了让这些名字有法语的韵律去混淆和改动它们。[157]

同样，

> 我常常希望，那些用拉丁语写历史的作者应将我们的名字保持原样：因为，倘若我们把沃德蒙

[①] 帕尼奥尔（1895—1974），法国剧作家、小说家、法兰西学院院士，擅长描写法国南方的风土人情。

（Vandemont）改成瓦尔蒙塔努斯（Vallemontanus），完全变形，变成了希腊式和罗马式的名字，我们就不知道我们身在何处，找不到北了。[158]

如果不把《随笔集》转换成我们常用的语言，年轻人或许会放弃阅读这本书；如果学校不再教授《随笔集》，他们也不会阅读它了，或者几乎不阅读。人们在绝望中不得已选择语言的转换这个权宜之计，这不是为了挽救全部，而是为了留下其中的精髓。这是值得称赞的意图，然而也只是留下了一部分。只有值得拯救的事物才被拯救。我们说的是原文，而非它的转换文本。

"蒙田对这本书的未来没有多大信心。他认为语言的发展很快会让这本书变得晦涩难懂，成为一本哥特式书籍。这是他鲜少犯的错误之一。"阿尔贝·蒂博代在 20 世纪 30 年代写下了这些话。"晦涩难懂和哥特式"，我们现在就处在这种情况下。明天，如果我们不做任何改变，这种情况还会更严重。

和阿尔贝·蒂博代的乐观相反，蒙田早在四百五十年前就预料到了这部作品未来的命运。他觉得法语过于薄弱而不足以保持《随笔集》中语言的活力，他更相信拉丁语，却没有选择使用它。并不是书中的语言变得费解，而是想去学习它的愿望破灭了，也缺乏必要的努力。我们这个时代像一根松弛的绳子，厌倦了和遗忘之间的斗争，而语言正是在这片遗忘的土壤中生根。尽管反抗过，但时代还是丢下了蒙田。和蒙田一起离开的还有人文科学。人文科学不仅仅包括希腊文和拉丁文，还有整个古典文学，甚至更多。戏剧是唯——个例外，它一直保持着新鲜感。因为舞台艺术、形象艺术、表演艺术的效果，它是一份无法被抹去的证据。此外，和阅读大量的书籍相比，它是一种更为直接的联系世界的方式，占据着最高的统治地位，并没有受到竞争的影响。

现在，我们就在交叉路口。

我们离开了古腾堡[①]星系，进入一个存在着未知天体的星系。同时，我们也离开了持续了一万年的后冰期，进入了人类世，这个时期气候变化带来的后果尚不详。人类的伟大简直不可思议，他最终统治了这个行星，改变了星球上的气候，这是一件极度不幸的事，最终将导致消亡。

在面对接下来的日子之前，我们必须清楚地知道我们丢下了什么。

我们认为蒙田源自一个未知的年代，他和我们一样，认为食人者的社会也是未知的。他的思想停留在科学认识以前，所以他没想过认识可能不是源自感官的直接证据，而是通过一些超越感官和直接经验的工具或者一些数学方程获得。他怀疑一切；哥白尼认为地球围绕太阳转，但他不相信哥白尼的这个与古人的认知不一样的想法。或许这是真的，他说，但"谁知道一千年后，第三个观点会不会推翻前两个"[159]。

---

① 约翰·古腾堡（1398—1468），德国发明家，西方活字印刷术的发明人，他的发明导致了一次媒体改革。

揭开自然的奥秘令我们感到兴奋，他却认为自然是神秘的。我们的自然失去了奥秘，它充斥着我们的机器、实验室、财政，如同一种任人榨取的物质、一个没有灵魂的中性体般被摊放在我们面前。我们生活的这个球体顺从我们的欲望，我们不顾及它的意愿，用过分的行为践踏了它。出于推理，蒙田的论说抱有怀疑态度；出于对世界上一切美丽事物的欣赏，他的论说热情洋溢，似乎来自世界的另一个角落：

> 我不记得柏拉图是否说过这句名言 —— 自然只是一首充满迷意的诗？仿佛大自然是隐藏在千万道斜光后面一幅扑朔迷离的画，锻炼我们的猜谜能力。[160]

西方已经放弃了诗歌，把诗歌从学校和媒体中开除，从官方发言和国家仪式中除名，把诗歌逐出了所有公共领域。除了出现在一些不引人注目的杂志中，诗歌已经销声匿迹。法庭、教堂与某些作品是诗歌精神的避难所，它的精神有时候也躲在艺术中。同时，现代性毒化了空气，亵渎了海上神殿，破坏了诺亚时代洪水以前的森林，毫不留情地毁坏陆地上和水中的动植物，侵入沙漠开采石油，污染了山峰甚至太空。除了把锁撬开，它什么都不相信。一方面，它带来了伟大的影响，另一方面，它陷入了苦难的泥淖。

被法语抛弃的诗歌变得暗然失色，经过打磨后，变成了乏味的散文。词汇的多样性消失了，贫穷褪去了它身上的华服，让它穿上了破破烂烂的衣服。它的嘴里塞满了从美洲进口的糖片，匍匐前行，并为自己感到羞耻。通过它的结构、音调、节奏判断，蒙田同我们交谈时所用的语言还是我们使用的语言，但它也不再是我们的语言。他用一种全新的、令人难以置信的语言写作，这种语言源自尚未形成的中世纪，并且他坚持按照自己的喜好去丰富这种语言：

> 在意大利，日常谈话中我可以随心所欲地说；但是到了正式场合，我不敢使用我不能掌握的词汇，也不使用大众词语。这时，我就要能够用自己的词语来说话了。[161]

总的来说，人们对一种具有创造性的语言的热情已经枯竭，好像我们的语言已经变得和一张银行支票一样平整。在为了越变越好所付出的种种努力后，这种热情完全放弃了想要提高的意愿，宁愿消失在人们喋喋不休的废话中。

"我喜欢诗的跌宕有姿"[162]，蒙田感到既兴奋又骄傲。他肯定是一位哲学家，但他首先是一位诗人。到最后这都是一回事，古老的神学和最初的哲学都是诗："这是诸神使用的原始语言。"[163]

他把自然这首诗歌用他的语言来诠释。

归根结底，那儿是他最初的地方。

> 诗歌从童年起就渗透着我，令我心潮澎湃。[164]

诗富有生气，内容时而简短，时而冗长；它的语言是粗糙的、辛辣的、多变的；它的节奏时慢时快，慢节奏引起人们的反思，快节奏极具表现力。这些都散发着一股能量。它是蒙田二十年的动力。在这二十年中，他密切地观察自己，还把这股能量传递给了读者。蒙田的风格中注入了这种至关重要的能量——激情，这正是他遗产的核心。

一切随着《随笔集》开始。除了它蕴含的哲学思想之外，它还给我们留下了独一无二的法语写法。蒙田建立了一种从未存在过的语言来替代他经常看的拉丁语，当地讲奥克语地区的农村方言为这种语言增添了活力，赋予它某种必不可少的能量。

蒙田代表着语言的创造力，可我们不再相信这种力量，仅剩下默默的怀念。和我们之前的任何一个文明一样，这些文字密码被我们种植在温室里，它们在此迅速繁殖，但缺少灵魂的补充。我们把这种创造力放置在对多余财富的无限渴望中：这位领主所揭露的幻想从此以后便变得一目了然。他身材矮小，头发稀疏，蓄着浓密的胡髭，头戴一顶圆帽，总是穿黑白色的衣服；他言行一致，把自己所说的诉诸笔端；他试着顺应自然来生活。

告别蒙田就是用和他的姓名绑在一起的人文主义交换一个完全平凡的未来。人在这个未来不再是人，而是一种提供给科学新手们的材料，他们研究没有道德依托的科学，让技术无限扩张。在这个未来，人类被禁锢在自己的世界里，想象着自己主宰着无边无际的宇宙，让它屈服于自己的统治。

这就是在《随笔集》之外上演的一切。

因为历史从不听从命运的安排，因为人性陷入了追求自由的冲动和超越需求的欲望中不能自拔，所以，有一点似乎让人难以想象：蒙田与他内心承载的那个世界，以及他所代表的一切，都退出了历史舞台；我们在踏进黑暗的未来之时贫乏又浅薄。

将他推入这个时代，我们就必须在门的另一侧再次找到他。他是一位无法替代的前辈，常把贺拉斯的诗句挂在嘴边，在《随笔集》的结尾，他引用贺拉斯的诗句向阿波罗表示敬意。他把自己的晚年托付给了这位神，我认为我要踮起脚尖去追赶他：

> 勒托之子啊，请允许我享受
> 我的财富和健康的身体，
> 如果可以的话，让我拥有我所有的才能。
> 请不要让我的晚年变得堕落，
> 让我能一直弹奏我的里拉琴。

那扇门在那时打开了，顺着一个几个世纪以来拧成的绳结。他的思想从高处降落，我们向它表示欢迎，语调欢快、随和。想到蒙田写的最后几页，他或许会这样回应："不要做天使，也不要做野兽，而要做人。要懂得根据生命的长短去享受生命。因为懂得去真诚地享受生命是一种绝对的完美，并且是神圣的。"随后，他回到了天堂的住所，继续关注着我们。

我们也会持续关注着他。

注 释①

1. II, 17

2. II, 36

3. III, 9

4. II, 8

5. I, 34

6. III, 13

7. II, 37

8. II, 11

9. III, 9

10. Ibid.

11. I, 28

12. III, 3

13. I, 46

14. II, 12

15. III, 9

16. Ibid.

17. Ibid.

18. III, 5

19. Ibid.

20. III, 9

21. I, 25

22. III, 5

23. Ibid.

24. Ibid.

25. Ibid.

26. Ibid.

27. II, 12

28. III, 5

29. II, 3

30. III, 3

31. Ibid.

32. I, 23

① 本书大多数引文出自上海书店出版社于 2011 年出版的马振骋先生翻译的《随笔集》，本书译者仅作细微修改。

145

33. III, 5

34. II, 16

35. II, 27

36. III, 12

37. III, 1

38. II, 17

39. III, 5

40. Ibid.

41. Ibid.

42. I, 26

43. II, 17

44. I, 28

45. II, 17

46. II, 16

47. III, 8

48. III, 13

49. III, 11

50. III, 9

51. III, 5

52. I, 40

53. II, 11

54. II, 17

55. III, 8

56. II, 3

57. II, 18

58. 阿兰·勒格罗（Alain Legros）译本

59. II, 33

60. I, 38

61. II, 36

62. II, 12

63. III, 2

64. II, 12

65. II, 37

66. III, 2

67. I, 20

68. II, 6

69. III, 4

70. Ibid.

71. III, 12

72. II, 12

73. III, 2

74. II, 12

75. I, 28

76. II, 17

77. I, 24

78. III, 1
79. III, 9
80. I, 8
81. II, 12
82. Ibid.
83. I, 56
84. II, 12
85. III, 11
86. III, 2
87. III, 9
88. II, 8
89. I, 26
90. III, 13
91. III, 4
92. I, 23
93. Ibid.
94. II, 15
95. III, 9
96. Ibid.
97. Ibid.
98. II, 12
99. Ibid.
100. Ibid

101. III, 9
102. III, 6
103. II, 12
104. III, 6
105. I, 9
106. II, 12
107. I, 28
108. II, 8
109. I, 23
110. II, 8
111. I, 28
112. II, 8
113. I, 28
114. Ibid.
115. II, 8
116. I, 28
117. I, 39
118. I, 31
119. I, 40
120. I, 31
121. Ibid.
122. I, 28
123. Ibid.

124. II, 18
125. II, 36
126. II, 10
127. II, 11
128. III, 1
129. III, 6
130. Ibid.
131. II, 19
132. II, 17
133. III, 9
134. III, 10
135. II, 16
136. 《论自愿为奴》，拉博埃西
137. I, 26
138. II, 12
139. II, 27
140. II, 17
141. III, 7
142. III, 10
143. Ibid.
144. III, 1
145. Ibid.
146. II, 12
147. I, 25
148. III, 12
149. II, 37
150. I, 26
151. I, 49
152. I, 40
153. II, 13
154. I, 26
155. I, 39
156. 《随笔集》现代法语译本，克洛德·潘加诺（Claude Pinganaud）译，巴黎：阿尔雷阿出版社，1996 年。
157. I, 46
158. Ibid.
159. II, 12
160. Ibid.
161. III, 5
162. III, 9
163. Ibid.
164. I, 37

图书在版编目（CIP）数据

再见，蒙田 /（法）让－米歇尔·德拉孔代著，蒋琬琪译 . —上海：上海文化出版社，2020.7

ISBN 978-7-5535-2036-0

Ⅰ. ①再⋯　Ⅱ. ①让⋯　②蒋⋯　Ⅲ. ①随笔－作品集－法国－现代　Ⅳ. ① I565.65

中国版本图书馆 CIP 数据核字（2020）第 116958 号

图字：09-2018-104 号

出 版 人：姜逸青
策　　划：小猫启蒙
责任编辑：赵　静　任　战
封面设计：王　伟

书　　名：再见，蒙田
作　　者：[法]让－米歇尔·德拉孔代
译　　者：蒋琬琪
出　　版：上海世纪出版集团　上海文化出版社
地　　址：上海市绍兴路 7 号　200020
发　　行：上海文艺出版社发行中心
　　　　　上海市绍兴路 50 号　200020　www.ewen.co
印　　刷：上海颛辉印刷厂
开　　本：889×1194　1/32
印　　张：4.875
印　　次：2020 年 8 月第一版　2020 年 8 月第一次印刷
书　　号：ISBN 978-7-5535-2036-0/I.803
定　　价：38.00 元
敬告读者：如发现本书有质量问题请与印刷厂质量科联系
　　　　　021-56152633